21 世纪通识教育系列教材
21st Century Textbooks of General Education

国家精品在线开放课程
中国大学MOOC配套教材

外国文学经典选读

Selected Readings of Foreign Literature

邹 涛 ◎ 著

中国人民大学出版社
·北京·

序　言

目前国内市面上有诸多外国大师们撰写的外国文学经典阅读方法指南，但对中国师生而言总有隔膜之感，其关键原因就在于远离中国读者的现实需求。美国最受欢迎文学公开课教授托马斯·福斯特（Thomas Foster）的《如何阅读一本文学书》（*How to Read Literature Like a Professor*）、《如何阅读一本小说》（*How to Read Novels Like a Professor*），这是两本阅读散文集，重在展现西方文化原型在经典作品中的有趣再现，而非提供系统的阅读方法。英国著名文评家亨利·希金斯（Henry Hitchings）的《真的不用读完一本书》（*How to Really Talk about Books You Haven't Read*）努力挖掘经典作品中的典故、名言、桥段、背景、冷门知识等，重在经典的社交娱乐意义而非深层的人格熏陶。这类书对中国读者而言往往是充满趣味性、知识性的，其方法论意义和伦理引导功能则难以有效发挥。而且，他们选取的文本、聚焦的内容、阐释的路径基于西方读者的期待视野，难以很好地服务于中国读者。

本教材依托于首批国家精品在线开放课程“外国文学经典选读与现实观照”，该课程在电子科技大学核心通识课“外国经典文学著作选读”的基础上建设而成。本教材在修订视频讲稿的基础上，增加了以下内容。首先，为了方便学生阅读，教材选入了在线课程中涉及的所有短篇小说和诗歌全文。其次，我们设计了诸多意在促进文学与现实互动的主观题，包括课前预习题、课中思考题和课后反思题。这些题既可帮助学生参与思想推理过程，激发学生发表自己的独特见解，也方便教师利用在线课程进行翻转课堂教学。

我们的课程及教材是注重内涵式发展的教学改革实践的成果。在多年的教学实践中，我们看到了外国文学课程存在的诸多问题。以下三点让我们感受尤为深刻。

其一，高校外国文学类课程数量严重不足。我们发现，在专业方向的划分越来越细而学分普遍减少的大趋势下，高校的外国文学类课程所占比重严重不足。有些外语专业的学生所修文学课程也少得可怜，更不用说理工科专业的学生了。

其二，高校外国文学类课程教法比较传统，且出现两极分化现象。一种是强调学科历史和理论，往往遵循传统的按学科历史或批评方法论讲授文学的思路。另一种相对浅易，为了吸引学生的兴趣而往往把大部分时间花在讲故事上面，进行文本细读与讨论的时间比较少。第一种讲法使很多非语言专业的学生望而生畏，或中途退却。第二种讲法又让很多人感觉深度不够，满足不了学生的更高需求。

其三，很多人认为外国文学与自己的当下现实距离很遥远，将它看作一种可有可无的奢侈品。在我们看来，这正是外国文学课程被冷落的重要主观原因。

有鉴于此，我们努力进行外国文学教学内容和教学模式的改革与创新。

为了解决第一个问题，即外国文学课程数量不足的问题，我们充分利用慕课（MOOC）有教无类、不受时空局限的优势，为感兴趣的学生提供便利的学习条件，促进全民阅读战略的实施[①]。

针对第二个问题，即教学方法比较传统的问题，我们打破传统的按学科历史或批评方法论讲授文学的套路，努力将专业性、趣味性和剖析的深度性结合起来，加以更灵活地发挥。通过精心挑选特色鲜明且可读性强的外国文学作品，巧妙设计环环相扣的教学步骤和层层深入的问题引导，帮助学生逐渐深入理解文本的内容与形式。

针对第三个问题，即外国文学与现实脱节的问题，本课程根据国情需要和学生所面临的现实问题，有针对性地选取文学文本展开相关讨论，重在帮助大家深刻理解外国文学和现实世界的深度关联及外国文学的当下意义，引导学生深入想象作品人物以及作者的内心世界，体会他们为何会做出相关的反应与选择，并带着当下的问题思考这些选择对社会、对自己有何启示，从而在相互激发中共同提升人文素养与人生境界，努力兼顾国家、社会和个人的需求。

在文体上，我们兼及小说、诗歌、戏剧这三大主要文体，但侧重点在于小说，而且长短篇结合，以方便讲解和学习。我们将通过小说提升学习

---

① 2017年6月，国务院法制办办务会议审议并原则通过了《全民阅读促进条例（草案）》，自2017年6月起实施。

者的情商及其伦理选择水平。我们将和学习者共同领略诗歌的魅力，并通过诗歌走向一种诗意的存在，使日渐被功利主义思想麻痹的心灵之眼再度变得敏锐，以更好地感知生活之美、语言之美、存在之美。我们将通过戏剧尤其是悲剧来进一步体会文学的超越功能，获得在苦难中前行的勇气与能力。

对于学生，我们诚挚地提出两点建议。第一，期待每位学生充分利用文本旁边特意留出的空行，记录自己在学习过程中的思考轨迹，给予自己倾听内心的时间和表达的机会，以便与教材提供的观点随时对话。第二，请不要盲信教材中的观点。文学具有非常大的阐释空间，一个问题往往没有绝对正确的答案，教材传达的观点仅代表编著者及部分人的看法。所以，非常欢迎您提出新的见解，并通过及时回答和参与讨论来验证自己，并相互激发。如能做到这两点，相信您的每一次学习都将印象深刻、事半功倍。因为这可以帮助您反观自身，对照自己的回答和老师以及其他同学提供的答案，看它们有何不同，更好地意识到自己在学习之前和学习之后的变化。

对于利用本教材及课程资源进行翻转课堂教学的老师，您的重点首先在于观察学生针对每一个问题提供了怎样与众不同的答案。正是这些独特的回答与面对面的讨论，使得您的每一次课堂不再重复单调，而是百家争鸣、妙趣横生。只要学生不同，答案就会千变万化，这就是多角度看世界的魅力。

2019年1月28日

目　录

第一章　重读经典之必要

以《项链》为例

预习题：

请问你在中学时代曾读过《项链》吗？你对该作品的哪些方面依然有印象？你眼中的主人公玛蒂尔德是一个怎样的人？

文本细读：在阅读文本过程中，请思考旁边的问题。

项链[①]

莫泊桑

美丽动人的女子总似阴差阳错般投生于工薪之家。曾经，就有这样一位姑娘，她没有嫁妆，没有可指望的遗产，没有任何办法能让一个富贵的男子识她、懂她、爱她并娶她，因此也就任人摆布，委屈嫁给了教育部的一个小职员。

她没钱打扮，因此不得不穿简朴的衣服，但她却

① 莫泊桑．项链．李炳韬，译//50：伟大的短篇小说们．天津：天津人民出版社，2017.

你是否同意右边画线部分所表达的观点？

认为自己像贵族沦落为平民一样不幸。因为女人本无种族门第之分，她们的美丽，她们的优雅，她们的风情万种，就是她们的出身，就是她们的门第。就算仅仅凭借与生俱来的聪敏、柔美的风姿和俏皮的灵性，平民百姓家的姑娘也应和地位最高的贵妇人比肩。

她自以为本应生而享有一切精美奢华之物，而如今熬在清寒之家——住室简陋、墙壁没有装饰、桌椅家具陈旧、衣服便宜难看——让她感到无比委屈和痛苦。若是换作另一个与她境况相当的女子，或许根本就不会在意，而于她则备受煎熬，内心愤愤。每当她看着家中帮佣打杂的女佣，她心中就充满缺憾，并开始出神幻想。她幻想着安静的会客厅，四壁挂着东方式帷幔，高脚青铜烛台光芒冶艳，在暖炉的熏烤中，两名穿短裤长袜的高大男仆倒在大长椅上昏昏欲睡；她幻想蒙着古朴丝绸的沙龙，里面的家具精致美观，上面摆有珍贵的古董；她还幻想香气妖娆、情调婀娜的小厅，那里是她专门用来在每天下午五点与男性密友娓娓私谈的处所，当然，这些男性也都是被所有女人爱慕追求的名流逸士。

你是否曾有过类似的幻想？如果有，这些幻想是否对你的现实生活产生了影响？

每当吃晚饭时，她在连着三天都没换洗桌布的圆桌前坐下，她的丈夫则在对面揭开汤盆，随即高兴地叫：“哈！好香的一锅炖肉啊！还有比这更美味的吗?”于是，她又幻想起丰盛的大餐、闪闪发光的银餐具，幻想墙壁上的挂毯，上面绣有古代人物，还有森林仙境中的飞鸟珍禽；她幻想用奢华餐具盛放的美味佳肴，幻想一边品尝鲜嫩红润的鳟鱼肉或松鸡翅膀，一边带着神秘莫测的微笑享用英俊男友向她吐露的醉人情话。

然而，她没有漂亮衣服，没有珠宝首饰，总之，什么都没有，而她又偏偏只喜欢这些。她觉得自己生来就是享用这些东西的。她渴望自己魅力倾众，渴望能被女人们嫉妒，渴望能被男人们喜欢，走到哪儿都有人追求。

她有个富有的女性朋友，是过去同在教会女校的同学。但她现在不愿再去探望这个同学了，因为每次从那儿回来，她都会感到更痛苦。那份儿遗憾、伤心、绝望、愁苦、委屈、难受，能让她一连哭上个好几天。

一天晚上，她的丈夫回来了，一副志得意满的样子，手里抓着个大信封。

“瞧，”他说，“这是专门为你准备的。”

她撕开信封，从里面取出一张卡片，上面写着：

教育部部长若尔日·郎波诺偕夫人
荣幸邀请卢瓦泽尔先生及夫人
参加一月十八日（周一）在教育部大楼举办的晚会
敬请光临

与她丈夫期望的截然相反，她并没有欣喜若狂，反而恼怒地把邀请函扔在桌上，嘴里嘟囔着：

“你给我这个干什么?”

“可是——亲爱的，我原以为你会高兴呢。你从没参加过这种晚会，这是个机会，多好的一次机会！我费了不知多大劲才弄到手。大家都想要，请柬本就紧俏，发给职员的就更没多少了。你还能在那里见到官场上的大人物呢……”

她怒气冲冲地瞪着他，不耐烦地嚷道：

“你叫我穿什么去丢人现眼啊?”

他本没想到这一层，只得支支吾吾地说：

“我觉得你去看戏时穿的那条裙子就挺好，对我来说……”

他说到一半便止住了，手足无措，因为他看见妻子流下了眼泪，两滴泪珠从她的眼角缓缓流向嘴边。他翻来覆去地念叨着：

“你怎么了？你怎么了?”

而她竭力忍住自己的痛苦，一边擦着被眼泪打湿的双颊，一边平静地回答：

“没什么。只是我没有好看的衣服，所以不能去参加这个晚会。把请柬转送你的同事吧，如果他们的老婆比我的穿着更加得体的话。”

丈夫很内疚：

“这样吧，玛蒂尔德，一套像样的服装，以后你还有机会再穿的，简单一些的，得花多少钱?”

她考虑了几秒钟，心里盘算着一个她能说得出口的数目，这个数目既不能被断然回绝，也不能让这个精打细算的小职员慌张地叫出来。

终于，她犹犹豫豫地回答：

“我不太清楚，不过我猜花个四百法郎，应该可以了。”

丈夫的脸有点儿发白，因为他手里刚好攒够了这笔钱，本想用它买把猎枪，好在今年夏天过周末时能和几个朋友去楠泰尔平原打云雀来着。

他最终还是答应了：

“好吧，我就给你四百法郎，但是，你一定要弄套漂亮的礼服来。”

晚会的日期越来越近了，虽然卢瓦泽尔太太已经准备好了漂亮的礼服，但她却好像还有一件心事，为此整天焦虑不已、愁容满面。一天晚上，丈夫问她：

“亲爱的，你又怎么了？看看这两三天，你完全不正常。”

她回答道：

“你看，我没有一件首饰，没有一颗宝石，身上什么挂的戴的也没有，一想到这我就心烦。我简直就是一副穷酸相，我觉得还是不去参加晚会更好些。”

他说：

“你可以戴几朵鲜花呀。现在这季节，戴几朵鲜花可是很别致的。花十法郎，你就能买到两三朵好看的玫瑰花。”

她根本就听不进去。

“绝对不行……再也没有比在阔太太们中间一副

穷酸相更丢人的了。”

丈夫忽然叫起来：

“哎呀，你真傻！去找你的朋友佛来思节夫人[①]，向她借点首饰。凭你和她的友谊，完全说得出口的。”

她高兴地叫起来：

“真的啊，我怎么就没想到。”

第二天，她去了这位朋友家里，向她倾吐了自己的烦恼。

佛来思节夫人听完，走到她那个嵌有试衣镜的衣橱前，取出一个首饰盒，带过来并打开后，对卢瓦泽尔太太说：

你怎么看待佛来思节夫人此处的表现？

“随便挑吧，亲爱的。”

她先是看见了一些手镯，然后是一条珍珠项链，随后是一把镶有宝石的威尼斯金十字架，做工极为精美。她戴上这些首饰，对着试衣镜左一遍又一遍地欣赏，根本舍不得取下来，更别提还回去，还一个劲儿地问：

“没有其他款式了吗？”

“有啊，你找找。不知道哪件合你的意。”

突然，她在一只黑色锦盒中发现了一串摄人心魄、精美华贵的钻石项链。她的心因为一种无法压抑的欲望怦怦跳着，她用颤抖的手捧起它，把它绕在脖子上，露在领口，对着镜子里的自己心摇神驰。

然后，她充满忧虑，迟疑地问：

“亲爱的，能把这件项链借给我吗？我只要这一件。”

“可以啊，当然可以。”

她兴奋地跳起来，抱住朋友的脖子激动地吻了又吻，随后带着她的宝贝轻快地走了。

晚会如期而至，卢瓦泽尔太太大获成功，她的美

① 李炳韬的译本中，佛来思节夫人被译为弗雷斯蒂耶太太。为了保持与教学视频中采用的说法一致，此篇统一改为佛来思节夫人。

貌盖过现场所有女人，她丰韵娉婷，妩媚动人，脸上始终流露着迷人的微笑，快活得上了天。所有男人都盯着她看，打听她的姓名，想方设法与她结识。教育部的官员们都想和她跳舞，连部长也注意到她了。

她在忘乎所以的兴奋中跳舞，什么都不再去想了。她沉浸在欢乐中，沉浸在美貌绝伦的胜利中，沉浸在大获成功的荣耀中。所有男人都尊敬她，仰慕她，渴望得到她；所有女人可怜兮兮盼望的那种最甜蜜、最极致的胜利，此刻就紧紧握在她的手中！在这一团幸福的云朵中，她飞了起来。

她离开时已近清晨四点。她丈夫从午夜时分就与另外三位先生在一间没有人的小客厅里睡着了，他们的妻子也在尽情狂欢。

丈夫担心妻子出门着凉，赶紧把带来的衣服披在她的肩上，那是平时穿的简陋衣服，一副寒碜的样子与舞会盛装是决然不配的。她立刻就察觉到了这一点，想赶紧躲开，以免被那些裹着贵重裘皮的太太们注意到。

卢瓦泽尔拉住她说：

"那就等一下吧。在外面你会着凉的，我去叫辆马车。"

但她根本不听他的，自顾飞快地下了楼梯。等他们来到大街上时，并没有应召的马车。于是，他们只要见到远处有马车经过，就对着车夫大声呼叫。

他们就这样一直向塞纳河走去，冻得浑身发抖，又垂头丧气。最后，他们在河堤马路上找到一辆专做夜间生意的老爷车，在巴黎，这种车只有天黑以后才能见到，他们也和这车一样，羞于把自己的贫穷暴露在光天化日之下。

他们一直乘车到了殉道者街的家门前，闷闷不乐地上楼回家。对她来说，一切都结束了；而他却在想，自己十点钟还得到部里去上班。

她对着镜子脱下披在肩头的旧衣服，想再欣赏一次自己风华绝伦的样子。

突然，她发出了一声尖叫：脖子上的项链不见了！

丈夫的衣服刚脱到一半：

“你怎么了？”

她转头看他，发疯似的说：

“我……我……我找不到佛来思节夫人的项链了。”

他腾地一下站起来，大惊失色道：

“什么！……怎么！……这不可能！”

他们在晚会服装的褶皱里找，在披的旧衣服的褶层里找，在口袋里、在每一处地方来回搜查好几遍，但什么也没找到。

丈夫问：

“你确定在离开舞会时，项链还在吗？”

“确定，我在教育部的门厅里还摸过它。”

“可是，如果掉在路上，我们应该能听见掉落的声音。它应该还在车子里。”

“对。有可能。你记得车号吗？”

“不记得。你呢，你也没注意过？”

“没有。”

他们俩你看看我，我看看你，吓得呆住了。最后，卢瓦泽尔重新穿上衣服：

“我再去把我们走过的线路重新走一遍，看看还能不能找回来。”

他出门了。而她还穿着晚会上的礼服，却连脱衣服躺下睡觉的力气都没有了。她瘫倒在椅子上，心烦意乱，脑中一片空白。

将近早晨七点，丈夫回来了，什么也没找到。

他又去了警察局和报社，请求帮助悬赏寻物，他还去了租马车的车行，总之凡是有一线希望的地方他都去了。

如果是你，面对项链丢失，你可能会采取哪些措施？

面对这样可怕的灾难，她陷入焦虑与恐惧之中，然而又束手无策，只能成天在家苦等。然而，卢瓦泽尔每天晚上都一脸憔悴地回家：不用问，又是一无所获。

他说：“得写信给你的朋友，就说弄断了项链上的搭钩，现在正找人修理。这样我们就有了应付的时间。”

她在丈夫的口述之下写了信……

整整一星期过去了，他们失去了所有希望。

衰老了五岁的卢瓦泽尔郑重地说：

“只能想法子再弄一件一模一样的首饰了。”

第二天，他们带上装项链的锦盒，按照锦盒里标明的字号去了那家珠宝店。老板翻了翻账本，说：

这个细节可能暗示着什么？

“太太，这串项链不是我卖出去的，我应该是只定做了这个锦盒。”

于是，他们从一家珠宝店找到另一家珠宝店，寻找一模一样的项链，两个人找得是既焦急又烦躁，眼看着就要双双病倒。

终于，他们在皇宫附近的一家珠宝店里找到了一串钻石项链，它看起来与丢了的那条一模一样。商店标价四万法郎，如果他们真的要，可以还价到三万六千法郎。

他们央求老板在三天内先不要卖给别人，并且谈好了：如果他们能在二月底前找到之前的那条项链，新的这条可以以三万四千法郎的价格让店里回收。

为何卢瓦泽尔有这么多存款，却舍不得花四百法郎给自己早点买想要的猎枪？

卢瓦泽尔有他父亲留给他的一万八千法郎。那么，剩下的只得去借了。

于是，他开始借钱。他向这个人借一千法郎，再向那个人借五百法郎；从这儿找五个金路易，再去那儿弄三个；他签了很多借据，答应了许多会让他破产的条件；他与放高利贷的以及各种放款人打交道，把自己的后半辈子都搁了进来。不管还得起还不起，不管是否会身败名裂，他必须先签上字，而后才能去害怕。他怕极了即将面临的难熬日子，怕极了将要压垮家庭的负债累累，怕极了即将来临的物质与精神的双重折磨。但他要想得到那条新项链，就必须在珠宝商的柜台放上三万六千法郎。

佛来思节夫人为何不高兴呢？这个细节可能暗示了什么？如果此时玛蒂尔德说出真相，她的朋友会告诉她借出的项链是假的吗？

当卢瓦泽尔太太亲手把项链还给佛来思节夫人时，后者不怎么高兴地对她说：

“你应该早点儿还给我，因为我可能要用它。”

她没有打开盒子，卢瓦泽尔太太偏偏就担心这个。如果她看出这是件替代品，她会怎么想？又会怎么说？她还不把自己当成了个贼？

这个细节说明了什么？

卢瓦泽尔太太马上就品尝到了过穷人日子的苦。只是，她早就像个英雄似的下定决心，还不清那笔可怕的债务就不罢休！她会还的。他们辞退了女佣，换了住处，租了一个屋顶下的狭窄阁楼居住。

你如何看待玛蒂尔德的这种决心？

她学会了做繁重的家务活和到处油烟污渍的厨房活。锅碗瓢盆得自己洗，油腻的碗盆和粗糙的锅底损坏了她玫红色的指甲；她用肥皂搓洗脏内衣、衬衣和抹布，然后把它们一件一件挂在绳子上晾干；每天早晨，她亲自下楼倒垃圾，再把水提到楼上，每上一层楼，就得停下来喘口气；她的穿着已经和一个平民妇女没什么两样了；她得在胳膊上挎上篮子去蔬菜店、杂货店和肉店，一个子儿一个子儿地讲价钱，仅仅是为了保卫她那点儿少得可怜的钱，还得经常挨骂。

他们每月都必须偿还一些债款，同时又得再续借几笔，以延缓还债的时间。

丈夫每天晚上都去帮一个商人誊写账目，这种抄抄写写要持续到半夜，价格是一页五个苏。

这样的生活持续了十年。

十年过去了，他们还清了全部债务，连同高利贷本金的利息以及利滚利的利息。

现在，卢瓦泽尔太太看上去已经老了。她已经变成了一个强壮、泼辣、粗野，活脱穷人家的老婆子。她不在乎头发散乱，裙子歪系着，两只手通红，日常说话用大嗓门，用大盆装水擦洗地板。只是，当她丈夫在办公室时，她偶尔会独自坐在窗前，回想从前的那个夜晚，回想那次舞会，那时她是多么美丽，多么令人倾倒啊。

如果当初她没有弄丢那条项链，现在会怎样呢？谁知道呢？谁又会知道呢？只能说，生活古怪又多变，就那么一丁点儿的小东西，就能毁了你的人生，或者救了你的人生。

你认为这句议论来自叙述者还是女主人公？是否代表作者的观点？

一个星期日，她正在香榭丽舍大道上转悠，以此来消除一周家务的疲劳。突然，她看见了一个带孩子散步的女人，正是佛来思节夫人，她还是那样年轻，还是那样美丽，还是那样迷人。

卢瓦泽尔太太非常激动。要上前和她说句话吗？是的，当然。既然现在已经还清了债，那就可以告诉她全部了，为什么不呢？

她走上前去。

“你好，让娜。”

对方已经认不出她了，很惊讶自己会被这个粗俗的女人这样亲热地称呼，佛来思节夫人结结巴巴地说：

“不过……夫人！……我不知道……您应当是弄错了。”

“没有错。我是玛蒂尔德·卢瓦泽尔。”

她的朋友惊呼起来：

“噢！……我可怜的玛蒂尔德，你变了好多！……”

“是的，我过了段苦日子，自从上次见过你以后，经历了好多苦难……这都是因为你！……”

“因为我……怎么回事？”

“你还记得我为了参加教育部的晚会，向你借的那条钻石项链吗？”

“记得，怎么了？”

“我把它弄丢了。”

“怎么会呢，你早就还给我了。”

“我还给你的是另一串完全一样的。就这样，我们为它付出了十年的辛苦。你知道的，对于像我们这样一无所有的人，这并不轻松……不过，终于到头了，我太高兴了。”

佛来思节夫人停住了脚步：

“你是说你买了一串钻石项链来替换我的那一串？”

“是的。你没有看出来，是吗？它们简直一模一样。”

她带着天真而自豪的快乐，笑了起来。

玛蒂尔德的笑容与快乐是否意味着她的精神和价值观念产生了蜕变？

佛来思节夫人被深深地打动了，紧握住她的双手：

“啊！我可怜的玛蒂尔德！但我那串是假的，顶多值五百法郎！……”

为何两者在最后都愿意说出真话呢？

小说在此戛然而止，请你继续想象在此之后的可能情形。

作家作品简介和以往观点

居伊·德·莫泊桑（Guy de Maupassant），法国作家，生于 1850 年，逝世于 1893 年。1869 年，20 岁的莫泊桑到巴黎攻读法学，第二年适逢普法战争爆发，于是应征入伍。在战争中，他更深刻地领会到了民族的危难和民众的疾苦。1871 年退伍后，他师从著名作家福楼拜，想努力通过写作来改造社会。他的文学成就主要是短篇小说，与契诃夫和欧·亨利并列为世界三大短篇小说大师。

莫泊桑

对很多中国读者来说，莫泊桑的短篇小说《项链》（1884）是耳熟能详的作品。通过再次阅读这个文本，我们可以检验自己的理解能力、认识世界的能力是否明显增强，从而意识到重读经典的必要性。

在我的中学时代，关于《项链》这个故事的普遍解读是：该作品主要批评了以玛蒂尔德为代表的小市民、小资产阶级的爱慕虚荣，他们受拜金主义的影响，并为此付出沉重代价；同时，还揭露了上层社会的腐朽和虚伪。多年以后，当我重读这个文本，我的观点发生了重大的变化。今天，如果你到网上去查有关《项链》的解读，就会发现像我的中学时代那样的观点依然随处可见，但也有许多新的解读，譬如时寒冰《为女儿解读经典作品〈项链〉》强调以悲悯之心来阅读，打动了很多人。你是否也有了不同看法呢？让我们从小说的基本要素出发，从人物、情节、意象、主题等方面一起重新解读这个文本。在进入后面的分析之前，请一定先认真读一遍文本。

人物分析：玛蒂尔德可爱可敬还是可笑可悲？

在重新读完一遍文本之后，我们先把目光放在女主人公身上。你认为玛蒂尔德是可爱可敬还是可笑可悲呢？理由何在？请把你的主要观点写下来。

____

____

____

____

为了提升大家多角度看问题的能力，我们提供了一场小型辩论。正方观点认为女主人公可爱可敬，反方观点认为女主人公可笑可悲。下面是各方观点。

正 1：女主外貌美丽却命运不济。她本可以买假项链来以假乱真，却选择重新购买项链归还给朋友。因此，我方认为女主人公单纯、美丽、诚实、勇敢，是可爱可敬的。

反 1：你说“女主外貌美丽却命运不济”，这里面暗含了两种不正确的判断。其一，将外表和命运直接联系起来，认为美丽女子就应该备受命运的青睐，这显然是不对的。其二，将女主的悲剧归根于命运，而没有意识到她爱慕虚荣这一内在的根本问题，这是第二个错误判断。这两个错误判断，其实正是女主可笑可悲的根源。她将自己的美貌看作交换富贵生活的充要条件。

正 2：我方不认为爱慕虚荣是导致女主人生悲剧的主要根源。也许大部分女孩子都有过类似的幻想，爱幻想正是青春的特质之一。项链丢失后，女主及时地摆脱幻想，脚踏实地地苦干还债，这却是一般的女孩子做不到的，所以她可爱可敬。

反 2：如果她不爱慕虚荣，就不会去借贵妇人家的钻石项链，也就不会丢项链，不会将自己和丈夫拖入欠债的深渊。

正 3：对于美好生活的向往与期待是很正常的想法，但是现实却无法满足她的愿望。这种美好愿景驱使她借项链。她受到了严厉的惩罚，但这次惩罚足以把她从天真无知的边缘拉向成熟自律的彼岸。所以整体上她是可爱可敬的。

反 3：正是她的爱慕虚荣导致其抱怨生活，并在丢项链后隐瞒实情，最终换来十年艰辛的还债生活。

正 1：我认为十年还债历程见证了女主的蜕变，她从一位年轻貌美却单纯无知的少妇，蜕变成一位年老色衰却内心美丽的老妇人。这种蜕变更多是内在的完善。所以，她最终修成正果，是可爱可敬的。

反 1：我不认为这十年是个蜕变的过程，这一切恶果都是由她刻意隐瞒实情、爱面子、不想忍受他人异样的眼光而导致的。而且，小说结尾处，她仍然在回忆过去，幻想自己如果没丢项链该多好。这说明她只是被迫接受现实，而非主动认清事实。

正 2：不是每个人都能如女主那样勇于承担责任。你能用十年的青春与劳苦来偿还债务吗？很多人也许一走了之，或买串假项链冒充。

反 2：如果她不那么死要面子，而是及时地向佛来思节夫人坦诚说明丢项链的事实，就根本用不着受这么多苦了呀！那串假项链只值五百法郎，他们用自己的存款就可轻易还清！

正 3：女主根本没有想过上流社会的贵妇人竟然使用假项链，这正是她的单纯可爱之处。

反 3：这正说明她所渴望的上层生活本身带有虚假性，更显可笑。

人物分析：再看玛蒂尔德

小说主要有三个人物：玛蒂尔德、卢瓦泽尔和佛来思节夫人。先来看看玛蒂尔德有何优势与不足。她的天然优势是美丽动人。但是，她感觉自己的这一优势没有发挥应有的价值，没有为她赢得有钱有地位的生活。小说中写道："她自以为本应生而享有一切精美奢华之物，而如今熬在清寒之家——住室简陋、墙壁没有装饰、桌椅家具陈旧、衣服便宜难看——让她感到无比委屈和痛苦。"这里面蕴含的价值观是：女人的容貌可以等同于出身和门第。根据这样的价值观来判断，一个貌美的女子如果没有得到有钱有地位的生活，她的价值就没有得到应有的承认。你是否觉得，这样的女性价值观在今天依然很流行呢？认同这种价值观的人，可能会觉得她完全有梦想上层社会生活的权利和资格，她的痛苦完全可以理解；不认同这种价值观的人，可能会觉得她应该依靠自己的努力去实现梦想，而不应该只想着去嫁个有钱有势的人。当然，也有人会说，19 世纪的法国女性没有今天的女性这么多实现梦想之路，她既没有机会也没有能力通过自己的努力来过上富有的生活。你同意这种说法吗？

连环画《一串项链》，李白英改编，张明曹、王亦秋绘

此外，(1) 你如何看待玛蒂尔德和丈夫隐瞒项链丢失的事实，不惜代价买新项链偿还的做法？你觉得她是死要面子活受罪，还是敢于承担责任，抑或其他？(2) 如果换成是你，你会怎么做呢？(3) 根据我的课堂调查，大部分同学表明会先向朋友说明真相，然后再尽可能凑钱还。你赞同这种做法吗？你是否有其他选择？请写下你对上述问题的回答。

在你做出选择之后，让我们来看看当时他们买项链支付的 36 000 法郎在今天大概值多少钱。小说写于 1884 年，根据 1895 年中国向法国借款的《俄法洋款合同》（又称《四厘借款合同》），当时 4 法郎等于 1 两白银，约为 500 元人民币。项链购买总价为 36 000 法郎，其中包括卢瓦泽尔从父亲那儿继承的 18 000 法郎，以及四处借的 18 000 法郎，借款约等于今天的 2 250 000 元人民币。[①] 这对于今天的普通家庭来说也是一笔很难承受的巨债。认识到这一点，你对玛蒂尔德选择还债是否有了不同的看法呢？你自己还会选择还债吗？有同学说，只要选择先说出真相，就不用背负这笔巨债了呀！有同学反驳说，这是一种已经知晓结局的后见之明，而主人公做选择时根本不会想到这串项链是假的。

请你思考，卢瓦泽尔夫妇为何没想到这串项链可能是假的呢？这说明了什么？

____

____

____

____

我们再来进一步分析玛蒂尔德这一还债的行为。借债去买新项链，并瞒着佛来思节夫人的主意虽然最初是卢瓦泽尔提出来的，但是，玛蒂尔德没有表示任何反对。他们为什么要这样做呢？我们可以从还项链的心理描写中找到一些线索。当玛蒂尔德把新项链还给佛来思节夫人的时候，她非常担心佛来思节夫人发现项链不是原来那条。小说写道：

> 她没有打开盒子，卢瓦泽尔太太偏偏就担心这个。如果她看出这是件替代品，她会怎么想？又会怎么说？她还不把自己当成了个贼？
>
> 卢瓦泽尔太太马上就品尝到了过穷人日子的苦。只是，她早就像个英雄似的下定决心，还不清那笔可怕的债务就不罢休！

这个时候的玛蒂尔德和之前那个因为没有像样的衣服参加宴会而哭泣的形象有何不同吗？有的同学说，这没什么不同啊，她之前生怕上流社会

① MOOC 上的换算公式是我请教历史学博士、武警警官学院副教授刘军老师得出的答案。后来我再找他求证，他又去查了些资料，发现有史料记载当时的一两白银可以买 200 斤米或 30 斤猪肉，约值现在的 500 元人民币。所以，MOOC 上的算法过高，应该是一法郎约等于 125 元人民币，而非 200 元。

的人瞧不起自己的穷酸相，现在依然是担心被他们瞧不起，都是死要面子活受罪。你的看法呢？

在我看来，这前后的表现有着根本的不同。前一次的担忧与哭泣，只是关乎贫与富，这是外在的物质的东西。而后一次的担忧，则是关乎伦理道德判断，这是内在的人格问题。想要装富确实是虚荣的表现，而想要维护自己的人格却是自尊的要求。

我们换位思考一下，如果是你，你会如卢瓦泽尔夫妇那样选择瞒着项链的主人，偷偷借巨款买一条新项链归还，还是会主动坦白丢项链的事情，和项链主人商量解决办法？我想，在知晓了项链的天价之后，我们大部分人都难以像卢瓦泽尔夫妇那样毅然决然地选择背负重债去还项链。所以，他们为维护自己的尊严而体现出一种巨大的勇气，这种勇气是值得我们钦佩的。

通过卢瓦泽尔夫妇选择还天价项链的勇气，以及整整十年锲而不舍地还债的行为，莫泊桑让我们看到了普通人身上的巨大潜力以及人格的光辉。同时，这也让我们意识到，如果玛蒂尔德一开始就愿意和丈夫努力奋斗，而不是怨天尤人，那么即使没有像要还债那样不顾一切地挣钱，他们的日子也肯定可以一天天地得到改善。

现在，你认为玛蒂尔德能通过自己的努力实现梦想吗？为什么？

人物分析：佛来思节夫人

在以前的解读中，佛来思节夫人经常被说成是上层社会生活腐化虚伪的代表。其主要依据是她居然使用假的钻石项链，而这条假项链却让玛蒂尔德付出了沉重的代价。在山寨版名牌产品比比皆是的当下，让我们重新解读涉及佛来思节夫人的文本细节，看看有何新的发现。

当玛蒂尔德找她借首饰的时候，她非常爽快地拿出一个大首饰盒让玛蒂尔德自由挑选。文中写道，佛来思节夫人立刻走到她那个嵌有试衣镜的衣橱前，取出一个首饰盒，拿过来打开之后，便对卢瓦泽尔太太说："随便挑吧，亲爱的。"

当玛蒂尔德推迟了一周多来还项链的时候，佛来思节夫人神气很不痛快地说："你应该早点儿还给我，因为我可能要用它。"她不高兴的原因，除了自己可能要用以外，还有可能担心被朋友发现项链是假的，这样就会丢面子。但是，她并没有对朋友的品格起任何疑心。

最后，当听到玛蒂尔德说她用十年的艰辛还那条她丢失的项链时，佛来思节夫人非常感动，坦诚相告项链是假的。小说写道：

> 佛来思节夫人被深深地打动了，紧握住她的双手：
>
> "啊！我可怜的玛蒂尔德！但我那串是假的，顶多值五百法郎！……"

如果佛来思节夫人真是虚伪腐化的典型，她一定不会说出项链的虚假本质。原因有两点：其一，假项链有损于她的面子；其二，她不说出来，继续拥有真项链，可以占一个很大的便宜。但是，在这样的诱惑面前，她选择坦诚相告，因为玛蒂尔德的真诚相告与付出巨大代价后的自尊自豪感深深地打动了佛来思节夫人。莫泊桑再一次展现了人性的光辉，这种光辉并不因阶级、等级的存在而磨灭。那么，我们也有理由相信她会把那条真项链还给玛蒂尔德。这样，玛蒂尔德夫妇也会因为自己维护尊严的勇气与执着而获得回报，他们终于变得富有，在今后的日子里可以享受自己的劳动成果。

当然，换个角度来看，玛蒂尔德的前半生依然是失败的。在项链丢失事件之前，玛蒂尔德因为只幻想不行动而使自己感受幸福的能力很弱。在项链丢失之后，她被迫放下自己养尊处优的姿态，在接下来的十年中把一个年轻美丽女人的优雅丢失殆尽。小说这样描述她的变化：

> 她已经变成了一个强壮、泼辣、粗野，活脱穷人家的老婆子。她不在乎头发散乱，裙子歪系着，两只手通红，日常说话用大嗓门，用大盆装水擦洗地板。

我问我的学生，你们愿意像玛蒂尔德那样用十年的青春换来百万资产吗？其中一个女学生这样回答："我不愿意。我的目标是找一个深爱自己的丈夫，和他一起以合适的节奏努力奋斗。玛蒂尔德有一个深爱自己的丈夫，但她不懂得珍惜自己眼前拥有的东西，所以永远是一个被动生活的人。”

你赞成这位同学的说法吗？请你自己更仔细地去体会小说中常常被读者忽视的一个人物，即玛蒂尔德的丈夫卢瓦泽尔，看看他有什么优点，又有何不足。

____

____

____

____

情节分析：铺垫及结尾

小说的情节代表作者对系列事件的选择及对出场顺序的精心安排。在现实生活中，事件是按时间顺序发展的，但是，在小说中，作者往往打乱时间顺序，利用倒叙、插叙、铺垫等策略，以制造出独特的效果。下面，我们来分析这个故事的情节安排特点。

在这个小说中，你对哪部分印象最深刻呢？大部分同学说是小说的结尾部分令人印象最深刻。那么，我们就从结尾部分说起。

结尾突然指明项链是假的，让人感觉很惊讶。可是，小说在之前对此有任何暗示和铺垫吗？让我们回到原文寻找线索。

在他们丢失项链后，他们根据项链盒子里的字号找到了那家珠宝店。可是，小说写道，珠宝商查了查账说："太太，这串项链不是我卖出去的，我应该是只定做了这个锦盒。"你是否觉得，这是一个很好的铺垫呢？这个细节其实在暗示，盒子是真的，项链有可能是假的。

然后，在玛蒂尔德去还项链的时候，她非常担心朋友发现项链被掉了包。但是，佛来思节夫人并没有打开盒子来检查项链。在此之前，玛蒂尔德和丈夫为了拖延还项链的时间，曾写信跟佛来思节夫人说链子的搭扣弄断了，现在正找人修理。如果是一条极其贵重的真钻石项链，我想主人一定会打开来看看修得怎么样。而佛来思节夫人并没有打开盒子检验，这也在暗示着项链并不太珍贵。

由此看来，作者是为我们提供了暗示的，但我们在结尾得知项链是假的时依然非常惊讶，这其实说明我们和小说主人公一样粗心。

接下来，我们再进一步深入思考作者为何要在最后才明确说明项链是假的。我们可运用批判性思维中的假设法或者排除法。

在批判性思维中，为了检验 A 是否是最佳选项，我们通常的做法是假设其他的种种非 A 的可能选项，看看其他选项会有何不同。我在此假设了两个可能选项。

其一，如果在借项链环节就告诉读者项链是假的，而主人公被蒙在鼓里，直到最后才知晓，效果会有何不同？

其二，如果让读者知道项链是假的，但主人公到最后也不知道这一真相，效果又怎样？

请写下你的答案。

____

____

____

____

针对第一个假设，有同学说，这样就不能产生在最后让读者惊讶的效果。还有同学说，这样我们就会嘲笑主人公的粗心、愚笨，没有注意到作者之前给的暗示。没错。这里需要说明两种不同的反讽效果。一种是戏剧反讽，主要通过观众或读者的全知全能和故事人物的无知之间的对比形成一种独特的张力。如果我们提前被告知项链是假的，而主人公迟迟不知道这一点，我们就会因主人公一次次错失了解事情真相的机会而叹息，甚至嘲笑主人公，同时感受到一种认知优越感带来的快乐。

在此举一个戏剧反讽的例子。魔术节目中间，往往会邀请观众上台参与演出，然后魔术表演者故意把秘密透露给台下的观众，而只瞒着这个台上的观众。当我们看到台上观众那种傻乎乎的吃惊的样子，是不是感觉特别开心？这就是戏剧反讽的典型效果。

可是，我们之前说到了自己读到最后看到项链是假的时感觉很吃惊，这让我们感同身受，发现自己并不比主人公聪明多少。于是我们和小说主人公一样都成了被讽刺的对象。这样产生的效果在文学上叫情景反讽，而非戏剧反讽。情景反讽更隐秘，因而在真相来临之时也能带来更大的情感震动，教育了主人公的同时也教育了读者。

让我们再设想另一种可能性：如果让读者知道项链是假的，但主人公到最后也不知道这一真相，效果又会怎样？

____

____

____

____

这种情况依然属于戏剧反讽，并且有一种强烈的“船上人不急，急死岸上人”的效果。但是，如果作者一直不让玛蒂尔德知道真相，就无法凸显她和丈夫坚持维护自己尊严的勇气是多么值得钦佩和嘉奖，反而更容易让他们成为读者眼中的笑柄。根据我们前面的分析，佛来思节夫人被他们的这种勇气深深地感动，并且后面应该会把真钻石项链退还给他们。这更有利于凸显他们维护自尊的勇气所带来的强大的感染力。

现在，让我们正面回答“作者为何让读者和人物都在最后才知道项链是假的”这一问题。我们已经知道，这样可以制造情景反讽的效果，让读者对主人公的处境感同身受。此外，这样的结尾有利于赞美主人公维护尊严的勇气，让他们夫妻得到佛来思节夫人的钦佩并退还真项链。

除此以外，你觉得还有其他的作用吗？

在我看来，小说最后揭示真相还有一个很重要的功能，即通过当头棒喝，帮助主人公获得真正的精神上的升华甚至重生。为何这么说呢？我们先来看十年的辛苦还债除了消磨掉玛蒂尔德的美丽容貌和小姐脾气外，还改变了一些什么。小说最后，我们知道她站在佛来思节夫人面前不再自卑，而是“带着天真而自豪的快乐，笑了起来”。这似乎说明，她的精神面貌发生了很大变化，原来的虚荣心已经没有了。

那么，她是否意识到她的人生悲剧的内在根源呢？

请注意下面的描写：

只是，当她丈夫在办公室时，她偶尔会独自坐在窗前，回想从前的那个夜晚，回想那次舞会，那时她是多么美丽，多么令人倾倒啊。

如果当初她没有弄丢那条项链，现在会怎样呢？谁知道呢？谁又会知道呢？只能说，生活古怪又多变，就那么一丁点儿的小东西，就能毁了你的人生，或者救了你的人生。

从上述感慨来判断，她认为自己人生悲剧的根源是什么呢？她归咎为命运的难以捉摸，对吧？她有没有反省自己有任何做错的地方呢？没有！这就是说，哪怕经历了十年的苦难，她依然没有意识到自己的人生悲剧的内在根源。虽然莫泊桑向我们证明了她的潜能，但她的潜能不是主动发挥出来的，而是被迫激发出来的。所以，让她最后知道项链的真相，知道自己勇敢献出了最引以为豪的青春靓丽的容貌，却是为了一串假项链，这无异于当头棒喝，也许可以促使她从此更正确地认识曾经的梦想的虚幻性，更好地珍惜当下，从而获得精神上的重生。

你是否同意我的上述分析呢？期待你自己的见解。

意象与主题分析

小说的核心意象是钻石项链。玛蒂尔德从佛来思节夫人那里借来的项链满足了她的虚荣心。可是，那条项链虽然有着光亮华美的外表，其实质却是虚假的。它至少可以有两个方面的象征意义。

第一，它可以象征上层社会的浮华，同时也是玛蒂尔德错误的人生梦想方向。玛蒂尔德被上层社会生活的华丽外表吸引，整日梦想着奢华的物质生活。可事实上，奢华的外表并不能保证里面包裹着相称的品质。

第二，它可以象征玛蒂尔德本人。她有着美丽的外表，但是内心空虚，既不珍惜所拥有的一切，也不积极创造，是典型的花瓶型人物。

假的钻石项链代表了华而不实的梦想和品格。它们不仅不能点亮你的人生，反而可能成为阻止你前进的锁链。

经过十年的艰辛劳动，玛蒂尔德还清了债务，换来了真的钻石项链。你觉得真的钻石项链在何时意味着真正换来了？是在他们夫妻俩借钱买到的时候，还是在他们还清债务的时候，抑或是在佛来思节夫人说出项链真相的时候？我想，从形式上看，他们还完了所有债务的那一刻，意味着从物质上挣来了项链的交换价值。但是，只有经受佛来思节夫人说出项链真相时的当头棒喝，玛蒂尔德才真正获得了项链的使用价值。这个时候，她本人也如同那条真的钻石项链一样，完成了价值的升华。

我们前面说，她像那条假钻石项链，外表华丽却内心空虚。现在，她如同那条真钻石项链，洗净铅华，获得了珍贵的品质。我想，有了正确的人生态度，不管有没有得到那串真项链，她都能体会真正的幸福。

根据以上分析，让我们进行主题总结。社会给玛蒂尔德这样的女子以“女人依附于男人”的意识，她的物质生活依赖于她的丈夫。但她不满于所得，一味抱怨，而不靠努力去获得自己想要的。她似乎觉得她不能做这些，也不应该做这些。但是，当她为偿还债务而劳动时，她展示、发挥了自己的潜能。

莫泊桑洞察普通人的弱点，却不想用放大镜盯着这弱点，而是对玛蒂尔德式的普通人物充满了同情，想通过自己的作品给他们敲响警钟，激发平凡人身上的英雄潜质，从而引导他们走向正确的人生方向，更好地感受幸福。所以，莫泊桑的这个作品不是为了批判，而是为了救赎。

课后作业与现实反思

网络上有很多种关于《项链》的解读，请充分发挥你的批判性思维，对下面这些解读做出你自己的评判。

解读一：

《项链》反映了小资产阶级生活的不稳定及其尴尬处境，表现了作者对他们的深切同情。从表象上看，玛蒂尔德的悲剧似乎由小资产阶级的虚荣心所致，但实质却是由小资产阶级薄弱的经济基础与不稳固的社会地位所决定。这篇小说写于1884年，当时正是法国由资本主义向帝国主义过渡的时期。大资产阶级依靠疯狂的掠夺和残酷的剥削正走向垄断，他们过着奢侈豪华的生活；小资产阶级的经济地位极不稳固，能够“升级”为大资产阶级者寥寥无几，而破产沦为平民的却越来越多。玛蒂尔德便是其中的一员，一串至多值五百法郎的假项链竟给她一家带来了残酷的贫困、肉体的苦楚、精神的折磨，小资产阶级的社会地位和经济地位是如此脆弱，如此不堪一击。因此说，玛蒂尔德的悲剧并非性格悲剧，而是社会悲剧。

你的点评：

解读二：

贫穷的家庭、封闭的社交，还来不及成熟就匆匆结婚，正值如此境遇的玛蒂尔德不想这些（奢侈的生活）想什么呢？没什么钱，日子却还过得去，没什么玩的，偏偏又有的是时间，这些看似荒唐实则合乎情理的想法实际上是那些即将成熟却又没有成熟的女子对未来朦胧的憧憬，是那个年龄段的女子一种最单纯的生命特质，经历过那个时期的女子差不多都是这么过来的。涉世未深的姑娘不安于现状，对可以预知的未来极力抵制却又无可奈何地眼看它紧逼过来，所以姑娘变得焦虑无比，梦境与现实有着难以弥合的距离。玛蒂尔德的焦虑是一种典型的青春期未成年女人的焦虑，玛蒂尔德的虚荣与其说是一个人的虚荣，一个阶级的虚荣，倒不如说是处于那个年龄段的所有少男少女的虚荣，是人类的虚荣。假如我们以成人的经验来“一刀切”，施以伦理化的道德评判，以“虚荣”来作结，我觉得不仅有失公允，甚至可以说是残酷的，毕竟经历的总是美丽的，做梦是每个人的权利。

你的点评：

____

____

____

____

解读三：

《项链》不是批判的主题——至少不是批判玛蒂尔德的，而是关于人生的主题。描写落在小人物头上的灾难，表达对小人物人生命运的关怀，是对其不幸遭遇的深切同情。玛蒂尔德的不幸，虽以偶然丢失项链为契机，却又有着更深刻的原因。即使她不丢失项链，由于其社会地位卑微，也可能会有其他偶然事件招致厄运降临。在这里，对偶然事件的描写，深刻地揭示了小人物生活地位的不稳定。一件极细小的事，就毁掉了他们的一生；一个偶然的失误，就轰塌了他们惨淡经营起来的生活。这捉弄小人物的现实，难道不是太残酷了吗？由此可见，《项链》着眼于人生的变幻，感慨于命运的起伏，向我们揭示人生旅途和命运遭遇中所蕴含的重要人生哲理，并传递出一种直面人生的精神。

你的点评：

____

____

____

____

最后，让我们反思自身，追问：

（1）自己内心的渴求到底是什么？

（2）自己为此付出了哪些努力？

（3）如何更好地发挥自己的潜能，以进一步实现梦想？

第二章 《竹林中》

求真之路

预习题：

1. 在你的理解中，“真”的含义包含哪些？

2. 请你举出至少一个关于求“真”的案例或故事。

关于“真”的思考

求真常常是知识分子的理想。不少大学将求真放在校训之中。譬如，美国耶鲁大学的校训为“光明与真理”（Lux et Veritas）；美国加州理工学院的校训为“真理使人自由”（The truth shall make you free）；美国西北大学更是强调“凡事求真”（Quaecumque sunt vera）。那么，“真”到底指什么呢？有人说，它在广义上可以指知识。美国梦的早期代言人本杰明·富兰克林从实用主义的角度指出：“投资于知识收益最大。”我们也有“知识就是力量”的口号。也有人说，“真”强调的是真理、真相、真实。那么，求真之路有哪些呢？我们往往强调通过自然科学去寻求外在之真，而常忽略了人文学科所强调的从主体自身以及主体间的互动中去寻求内心之真。2016年，哈佛大学校长凯瑟琳·福斯特（Catharine Faust）在西点军校（美国军事学院）的演讲中指出，人文学科的核心价值之一是培养真知灼见。她将真知灼见定义为"一种了解自我和多视角看待世界的能力"。这种看法有利于打破我们当下流行的求真套路。

我们平时理所当然认为的"真"是否足够坚实而不容置疑呢？先来看自然科学之真的问题。2010年5月7日，《科学》（*Science*）杂志上刊登了255名美国科学院院士关于气候变化与科学完整性的公开信，信中抗议科学家因没能准确预测出气候的急剧变化而受的舆论责难。其中有这样一句话："科学从没有绝对地证明过任何东西。"（Science never absolutely proves anything.）意思是说，任何科学结论都可能随着研究条件的变化而不断被修正。我们目前所学的科学知识只是目前的认知能力达到的结果而已。

那么，你能否举出科学规律被发现是错误的例子呢？

然后，让我们考察关于"真"的一个常见看法，即"眼见为实"。

请快速看下面这两幅图，然后写下你看到了什么。

对于上面左边这幅图，有同学说看到了鸭子，也有同学说看到了兔子。对于右边的图，有人看到了白色的天使，有人看到了黑色的魔鬼。这说明我们看到的东西并不是纯粹的感官体验的结果，它会受到已有的经验、思想、态度等的干扰。所以，眼见未必为实。

让我们再来看看自己的记忆是否是对过去事件的真实记录。下面以美国一个著名的冤案为例。1984 年，一名男子闯入美国大学生珍妮弗·汤普森的寝室对她实施了强奸。汤普森在毫无办法的情况下努力记住这个男人的长相。侦探迈克·高尔丁按照汤普森的描述画了一幅罪犯的画像。强奸案发生 3 天后，高尔丁让汤普森辨认 6 张照片，说罪犯可能就在其中。汤普森仔细研究每一张照片，5 分钟后，她拿起罗纳德·科顿的照片说："他就是强奸我的人。"科顿于是被判一个终身监禁和 50 年有期徒刑。在监狱中，科顿有一天看到警察带来一名和自己长得很像的新囚犯，其名叫博比·普尔。后来有狱友告诉科顿，普尔曾承认强奸了汤普森。科顿的案子由此获得重审的机会。律师让普尔和科顿站在一起，让汤普森重新选择。汤普森再次指向科顿。汤普森后来回忆说："事实上，我对被告（科顿）十分愤慨，他怎么敢质疑我？他怎么敢怀疑我弄错强奸者的长相，而这个人我永远不会忘记。"科顿再次被判有罪，刑期被改为两个终身监禁。又过了 7 年，科顿从轰动一时的美国前橄榄球明星辛普森（O. J. Simpson）杀妻案中学到了一个新名词——"DNA 检测"。科顿申请做 DNA 检测。检测结果证明，科顿是无辜的，真正的强奸者是普尔。从此案可看出，我们的记忆也可能出错。汤普森第一次进行照片辨认时，侦探给她的暗示是在 6 张照片中找出罪犯。她将这个暗示当成任务去完成，于是，跟罪犯长得很像的科顿成了她选出的罪犯。这次选择修订了她对罪犯外貌的记忆，使之与科顿的外表高度吻合，也促使她在面临科顿和真正的罪犯普尔两者进行选择时再次指向科顿。此外，她认为自己不可能错的态度也进一步强化了她的错误记忆。所以，记忆未必是对过去的真实记录，而是深受当下目标和态度的影响。

最后，让我们审视历史之真的问题。很多人喜欢看历史书，并且觉得相对于文学而言，历史是真实可信的，而文学作品充满虚构。我们不妨以司马迁的《史记》为例来加以考察。下面这段话出自《史记·吕太后本纪》：

> 七年秋八月戊寅，孝惠帝崩。发丧，太后哭，泣不下。留侯子张辟彊为侍中，年十五，谓丞相曰："太后独有孝惠，今崩，哭不悲，君知其解乎?"丞相曰："何解?"辟彊曰："帝毋壮子，太后畏君等。君今请拜吕台、吕产、吕禄为将，将兵居南北军，及诸吕皆入宫，居中用事，如此则太后心安，君等幸得脱祸矣。"丞相乃如辟彊计。太后说，其哭乃哀。吕氏权由此起。

上面这段话的大概意思是：汉惠帝七年（前 188）秋天八月十二日，惠帝去世。发丧时，太后哭了，但没有眼泪。留侯张良的儿子张辟彊做侍中，当时十五岁，他对丞相说："太后只有惠帝这么一个儿子，现在驾崩了，她哭得并不悲伤，你知道为什么吗？"丞相问："为什么？"张辟彊回答："皇帝没有成年的儿子，太后惧怕你们这些大臣。你现在请求拜吕台、吕产、吕禄为将军，统率南北军，等到吕氏一帮人都进入朝廷，掌握实权，太后心安，你们这些大臣才能摆脱灾难。"丞相按照张辟彊的计策去做了。太后很高兴，她的哭声才哀痛起来。吕氏的权势从此开始崛起。

请再仔细看看上面的这段话，你认为每一句都真实可靠吗？司马迁的《史记》记载了从黄帝到汉武帝太初年间三千多年的历史。但是，看他写的每一个密谋场景，都感觉他当时就在场，听到了每一句话一样。这肯定是事实加想象的结果。尤其在描写内心世界的时候，更是充满了想象和虚构。譬如，"太后说，其哭乃哀"，如果太后高兴，那也有可能哭声更不哀了呀，这大概是先入为主地对吕后进行了道德判断的结果。

我们可以比较以下两句话。

国王死去，一个月后，王后也死去。

国王死去，一个月后，王后也因悲伤死去。

第二句话增加的"因悲伤"三个字代表了一种因果关系的推测。写历史的人总想对历史事件之间的关系进行梳理和解释，不会满足于像第一种说法那样干巴巴地只记录历史，所以历史书中充满类似于第二句话的写法。譬如，《史记·吕太后本纪》中有关赵王刘恢的描写："王有所爱姬，王后使人酖杀之。王乃为歌诗四章，令乐人歌之。王悲，六月即自杀。"这段说的是吕后把吕产的女儿嫁给赵王刘恢做王后，王后的随侍官员都是吕氏家族的人，他们暗中监视赵王。赵王有一个宠爱的姬妾，王后派人用毒酒把她杀害了。于是赵王作歌四章，让乐工歌唱。赵王深为悲伤，在六月就自杀了。可现实是，除了死者本人，有谁能完全确定其死因中的内在情感因素呢？所以，除了那些只简单罗列历史事件的史料以外，其他历史书的写法一般遵循这样一个套路：史实＋分析＋想象（虚构）。于是，历史书中的"真"最后剩下的也许就是这个套路中的"史实"部分了。可是，真正能彰显史家洞察力，给读者留下深刻印象的却往往不是这一部分。

我们接下来要学的芥川龙之介的短篇小说《竹林中》将从另一个角度进一步颠覆大家对"真"的认识。

竹林中[1]

芥川龙之介

捕吏讯问的樵夫的证词

为何要将樵夫的证词放在最前面？

正是，发现那具尸体的，正是小人。今天一早，小人像平常一样，去后山砍伐杉树，在山后的竹林中，发现了那具尸体。尸体所在的位置？离山科驿道大约一里路远，竹丛中夹杂些细杉树，是个人迹罕至的地方。

尸体穿着缥青色袍子，戴着一顶城里式样的绉纱乌帽，仰面朝天倒在那里。他身上虽然只中了一刀，但扎在胸口，尸体周围落的竹叶已经被染成了暗红色。不，血已经不流了，伤口像是已经干了。而且，有一只马胃蝇紧紧叮在伤口上，小人走过去它也不理睬。

有没有看到腰刀之类？没有，什么都没有。只有一根绳子，落在杉树根旁边。此外……对了，除了绳子，还有一把梳子。尸体的周围只有这两件东西。不过，草丛和竹叶都被践踏得不成样子，那人在被杀前，一定经过了一场恶斗。什么，有没有马？那个地方，马是进不去的。马能通行的道路在那边呢，要隔着一片竹林。

捕吏讯问的行脚僧的证词

行脚僧的证词里哪些信息引起你的特别注意？

贫僧是昨日遇到那个被害的男人的。昨日的……嗯，中午时分吧。地点是在从关山到山科的途中。那男人和一个骑马的女子一道，朝关山方向前行。女子戴着面纱，没有看清模样，只看到她穿着荻叠色的衣裳。马是桃花马，马鬃修得短短的。马有多高？大约有四尺四寸吧。贫僧乃是出家之人，对此知之不多。

① 芥川龙之介．罗生门．赵玉皎，译．昆明：云南人民出版社，2015.

男人……不，他不但佩着腰刀，还带着弓箭。尤其是那个黑漆箭壶，里面插着二十多支箭，贫僧现在还记得清清楚楚。

贫僧做梦也想不到，那人竟遭此横祸，人之命运，真是宛如朝露，亦如电光哪。唉唉，委实可悲可叹，令人无话可说。

差役认为凶手是多襄丸的证据有哪些？是否可靠？

捕吏讯问的差役的证词

大人问属下捕获的这个人？他的确便是那个有名的盗贼多襄丸。只不过属下抓捕他的时候，他从马上跌了下来，正在粟田口的石桥上哼哼唧唧地呻吟。时辰？是昨夜的一更时分。上次属下抓捕他失败时，他也是穿着这件藏青外褂，佩着雕花大刀。只不过这一回，如大人所见，他还带了弓箭。哦，被害男子所带弓箭正是这些？那么，杀人者必是这多襄丸无疑了。皮弓、黑漆箭壶、十七支鹰羽箭——这些都是被害男子的物品。是，如大人所言，马是短鬃桃花马。他被那畜生甩下马背，必是因果报应所致。马在石桥稍往前的地方，还系着长长的缰绳，正在吃路边的青草。

说到这个多襄丸，在横行京城一带的盗贼中，他尤其是个好色之徒。去年秋天，在飞鸟寺的宾头卢尊者像所在的后山上，一名拜佛女子和她的小侍女双双被杀害，就是这多襄丸的恶业。那骑桃花马的女子也是如此，他在杀了男人后，不知把那女子怎样了。请恕属下多言，此事还望大人详察。

老妪的证词中哪些信息引起你的特别注意？

捕吏讯问的老妪的证词

是，那死者正是小女所嫁的男人。不过，他并非京都人，而是若狭国的国司官署中的武士。名字叫作金泽武弘，年纪二十六岁。不，他性格温和，不会是招惹了什么仇家。

大人问老妇的女儿？小女名叫真砂，年方十九岁。她性格好强，不逊于男子，不过除了武弘之外，从未有过相好之人。她肤色微黑，小小的瓜子脸，左眼角上有一颗黑痣。

武弘昨天与小女一起动身，前往若狭国。结果出了这样的祸事，这是何种因果啊？女婿的事只能认命吧，可是小女究竟怎样了，老妇实在忧心如焚。老妇恳求大人，无论如何，好歹设法搜寻小女的下落。最可恨的就是那个叫多襄丸的贼人，不但害了老妇的女婿，就连小女也……（泣不成声）

多襄丸的供状

你是否对多襄丸的某些信息产生怀疑？

杀死那个男人的正是本人。不过我没杀女人。她去哪里了，我也不知道。哎，慢着，不管如何拷问，不知道的事是说不出来的。何况，我既然到了这个地步，本不打算没出息地隐瞒什么。

我是在昨日的稍微过午时分遇到那对夫妇的。当时一阵风吹过，那女人的面纱飘了起来，我一下子看到了女人的脸。只是倏地一眼——刚看到，转瞬就不见了。或许也是这个缘故，在我眼里，那女人好似女菩萨一般。那一刻，我下定了决心，哪怕杀了男人，也要把女人夺到手。

什么？杀掉男人，并不像你们想的，没什么大不了。反正既然要夺女人，男人总归得死。只不过我杀人，用的是腰间的大刀，你们这些大人老爷不用大刀，用权力杀人，用金钱杀人，甚至光用虚情假意的话也能杀人。的确，那样不用流血，人也活得风光——但那也是杀人。若说罪过，是你们的罪过深，还是我的罪过深，那就不好说了。（讥讽的微笑）

不过，若是不杀男人，也能把女人夺到手的话，我并没什么不满足。不，那时我心里倒是决定，抢走女人时尽量不杀男人。可是，在山科的驿道上是没法干这种事的，我得设法把那对夫妻领到山里去。

那没什么费事的。我和那对夫妻一道走，攀谈起来。我说，对面山上有古坟，掘开一看，里面有很多古镜和宝刀，我偷偷地把这些宝贝埋在了山后的竹林中，如果有人想买，不管哪一件都廉价出售。不知不觉地，男人对我的话动了心，于是——怎么样，欲望这东西可怕吧？于是，还不到半个时辰，那对夫妻和我一起，驱马上了山路。

来到竹林前，我说，宝贝就埋在里面，进来看看吧。男人正满怀欲望，没有什么异议，女人却不肯下马，说自己在外面等。竹林中草木繁茂，她这么说也难怪。说实话，这正中我的下怀，于是我把女人独自留在外面，和男人进入了竹林。

林中有一段全是竹子，不过，走上约莫十五丈远，就是稍微开阔些的杉树丛——我要想做事，那是绝好的所在。我一边分开草木，一边煞有介事地哄男人说，宝贝就埋在杉树下。男人听了，急不可耐地朝前方的细杉树赶去。这时，我们来到一处地方，竹子变得稀疏，有几棵杉树，突然，我猛地把男人按倒在地。他不愧也是佩刀的人，膂力相当不错，但冷不防被攻击，只能束手就擒。我立刻把他绑在一棵杉树根上。绳子？绳子乃是我们强盗的法宝，没准儿何时就要翻墙越户，一直好好地拴在腰上呢。当然，为了不让男人出声，我给他塞了满满一嘴竹叶，再就没什么麻烦了。

我收拾了男人，又回头去找女人，说男人突然犯了急病，让她快来看看。不必多说，她当然也上了套。女人摘下斗笠，任由我拉着她的手，进了林子里。可是进来一看，男人被绑在杉树上——女人只看了一眼，立刻“嗖”地从怀里拔出一把寒光闪闪的匕首。迄今为止，我还从没见过那么烈性的女人。如果那时我稍有疏忽，匕首必是刺进了我的肚子。不，我虽是避过了那一下，可她拼命地一个劲儿刺来，我也难保不受伤。不过，在下毕竟是多襄丸，总算没用着拔刀，就把她的匕首打掉了。再怎么刚烈的女人，手里没了武器，也就无计可施了。终于，我遂了自己的心意，没要男人的命，就把女人弄到了手。

没要男人的命——对，那之后，我并没打算杀男人。可是，当我丢下哭倒在地的女人，朝竹林外逃去的时候，女人忽然发疯般地抓住了我的手臂，断断续续地叫喊起来。她说的是，要么你死，要么我丈夫死，反正你们要死一个，在两个男人面前出丑，比死还痛苦，不管你们中的谁，活下来的那一个，我就跟他走——她气喘吁吁，说了这番话。就在那时，猛然间，我对男人起了杀心。（阴郁的兴奋）

听我这么说，你们一定觉得我生性残忍吧。可是，那是因为你们没看到那个女人的脸，尤其是，你们没有看到那一瞬间，她那像火焰燃烧般的眼睛。我和女人眼神相撞的那一刻，我想，哪怕是天打雷轰，我也要娶这个女人为妻。我要娶她为妻——我心里只有这一个念头。这并不像你们所想的，是什么卑下的色欲。如果我当时只有色欲，再没有别的念想的话，我肯定会踢开女人逃掉。那样，我的大刀就不会染上男人的血。可是，在昏暗的竹林里，我紧盯着女人的脸，一刹那我明白了，若不杀了男人，我是没法离开那里的。

不过，就算要杀男人，我也不想用卑怯的手段。我把男人的绳子解开，让他和我比试刀法。（落在杉树根下的绳子，就是那时忘记的。）男人勃然变色，拔出了宽佩刀，一言不发，愤然朝我扑来。我们的比刀结果如何，自是不必说了。在第二十三个回合中，我的刀刺穿了他的胸膛。第二十三个回合——请不要忘了这一点，直到现在，我还很佩服呢。能和我交手二十个回合的，天下只有他一个人。（快活的微笑）

男人倒下时，我放下了染血的大刀，回头去看女人。可是——怎么回事？女人已经不见了。我在杉树丛中寻找，看女人跑到哪里去了，但地上的竹叶上毫无痕迹。我侧耳倾听，听到的只有男人咽喉中濒死的喘息声。

或许在我们开始打斗时，女人就钻出竹林喊救命去了。这么一寻思，这可关系到自家的性命，于是我拿了男人的佩刀和弓箭，迅速出了竹林，回到原来的山路上。女人的马还在那里安静地吃草。之后的事，就不用多说了。只不过，到京都之前，我把那把佩刀卖掉了。——我的供状就是这样。我早就明白，横竖我的脑袋总有一天要挂在狱门前的楝木上示众，请判我极刑就是了。（态度昂然）

你认为真砂的哪些话可信？哪些话不可信？

来到清水寺的女人的忏悔

那个穿藏青外褂的男人将我凌辱后，望着被捆绑着的我的丈夫，嘲讽地笑了。丈夫该有多么愤恨啊。可是，不管他怎样挣扎，都只能使身上的绳索绑得更紧。我连滚带爬地奔到丈夫身边，不，是我想奔到他身边，但那个男人一脚把我踢倒在地。就在那时，我看到丈夫眼中闪现出一种难以言喻的光芒。难以言喻的——直到现在，一想起他的眼神，我还忍不住颤抖。丈夫没有说一句话，可是那一刹那的眼神，已经表达了他内心的一切。闪烁在他眼中的，既不是愤怒，也不是悲伤——只是蔑视的、冰冷的光芒。比起被那个男人踢倒，丈夫的眼神更沉重地打击了我，我叫喊了一声，便昏了过去。

等我苏醒过来，穿藏青外褂的男人已经不见了，只有丈夫还被绑在杉树根上。我在竹叶上艰难地坐起身，盯着丈夫的脸。可是，丈夫的目光与方才没有丝毫变化，除了冰冷的轻蔑，还现出憎恶之色。羞耻、悲哀、愤怒……我当时的心情，不知怎样表达才好。我摇摇晃晃地站起来，走到丈夫身边。

“夫君，事已至此，你我不可能在一起了。我决意一死，可是……可是，你也得死。你目睹了我的耻辱，我不能把你一个人留下。”

我艰难无比地说出了这番话。即便如此，丈夫依然只是厌恶地盯着我。我胸痛欲裂，拼命忍耐着，去找丈夫的佩刀。可是，林中岂止没有佩刀，连弓箭都不见了，大概被那个强盗抢走了。庆幸的是匕首还在，就落在我的脚下。我举起匕首，对丈夫说：

“请把命交给我吧，我随后就来陪你。”

听了这句话，丈夫终于动了动嘴唇。当然，他嘴里塞满了竹叶，一点声音也发不出。可是我看到他的模样，立刻明白了他在说什么——丈夫怀着对我的轻蔑，说了一句“杀吧”。于是，几乎在半梦半醒中，我把匕首刺进了丈夫缥青色袍子的胸口。

随后，我再次昏了过去。等我终于醒来时，环顾四周，丈夫还被绑着，已经气绝身亡。一缕斜阳透过杉竹的枝叶，落在他苍白的脸上。我忍住哭泣，解下他尸身上的绳子。然后……然后，我怎样了？我没有勇气说出口。总之，无论如何，我已经没有勇气去死。我拿匕首刺咽喉，又试图在山脚下投水自尽，试了种种方法，都没有死成。这样的我，又有什么颜面。（凄凉的微笑）像我这样不中用的女人，纵然是大慈大悲的观世音菩萨，恐怕也不屑理会我吧。可是，我这个杀死了丈夫的女人，被强盗凌辱过的女人，究竟该如何是好？我究竟……我……（突然剧烈地唏嘘不已）

借巫女之口的亡灵的话

强盗占有我妻子之后，坐在那里甜言蜜语，百般抚慰。我当然出不了声，还被绑在杉树根上。可是，那期间，我频频给妻子使眼色，想要告诉她，不要上那个男人的当，他说什么都是假的。但我妻子只是失魂落魄地坐在落叶上，一动不动地盯着自己的膝盖。看上去，强盗的话已经说到她心里去了。我嫉妒得连连挣扎。可是，强盗继续花言巧语，说个没完。强盗说，一旦失了身，和丈夫再不可能和睦，与其跟着原来的丈夫，不如做他的老婆，他就是因为太爱怜她，才做出了无法无天的事——那贼人连如此无耻的话都说了出来。

听了强盗的这番话，我妻子恍恍惚惚地抬起头。

你认为多襄丸、真砂、武士亡灵三者中谁的话更可信？

你认为小说中谁最可怜？

我还从没见过妻子像那时候那么美貌，但是美貌的妻子当着被捆绑的我的面，是怎样回答强盗的？如今我在幽冥中游荡，但一想到妻子的回答，还是忍不住怒火中烧。妻子明明白白地说：“那么，你带我走吧，去哪儿都行。”（长久的沉默）

妻子的罪孽不仅限于此。假如仅是这样，如今我在黑暗中，尚不至于这般痛苦。妻子像做梦似的，被强盗拉着手，向竹林外走去。突然她变了脸色，指着被绑在杉树上的我，叫喊：“杀掉他！只要这个人活着，我就不能跟你走！”她发疯一般，连喊了好几遍。“杀掉他！”——这句话如风暴一般，直到现在还吹卷着我，让我一头栽进杳渺的黑暗最深处。这样可憎恨的话语，可有人说得出？这样可诅咒的话语，可有人听到过？这样……（突然迸发出一阵嘲笑）听到她的话，连强盗也大惊失色。“杀掉他！”妻子叫喊着，抓住强盗的手臂。强盗紧紧盯着妻子，既不说杀，也不说不杀。突然，他一脚把妻子踢倒在竹叶上（再次迸发出一阵嘲笑），强盗静静地抱着胳膊，看着我，问：“你打算把这女人怎样？杀了她，还是放过她？你只要点头就行，杀了她？”——单凭这几句话，我就愿意饶恕强盗的罪孽。（再度长久沉默）

在我犹豫的当口，妻子叫喊了一声，忽然朝竹林深处奔去。强盗急忙追过去，却连妻子的袖子都没有抓到。我只是望着那场景，如做梦一般。

妻子逃走后，强盗拿起我的佩刀和弓箭，斩断了我身上的绳子。“这回该我溜之大吉了。”——强盗的身影消失在竹林外的时候，我听到他自言自语。那之后一片寂静。不，还有谁的哭泣声。我松开绳子，一边侧耳倾听。可是，当我回过神来，我发现那正是我自己的哭声。（第三次长久沉默）

我挪动着疲惫不堪的身体，从杉树下艰难地站了起来。妻子掉落的匕首在我面前闪着寒光，我拾起匕首，一下刺进了自己的胸膛。一团血腥涌上嘴里，但我并没有丝毫痛苦，只是胸口越来越冷。四周越发静寂无声，啊，多么安静。这座山后的竹林上空，连小鸟都不肯飞来鸣啭，只有寂寞的日影，飘浮在杉竹的梢头。日影……也逐渐暗淡，杉树、竹子都看不见了。我倒在地上，被深深的寂静包裹着。

这时，有人蹑手蹑脚地来到我的身边。我想看看他是谁，可是我的周围已是薄暮冥冥。是谁——是谁用我看不见的手，悄悄地拔出了我胸口的匕首。顿时，我的口中再一次血潮喷涌，随后，我便永远地沉入了幽冥世界的黑暗中……

作者及作品简介

芥川龙之介成长于一个日本与西方文化密切交流的时代，和今天的中国颇为相似。他于1892年生于一个旧式封建家族，自幼喜爱中国古典小说。1913年，他以优异的成绩考入东京帝国大学文科英文系，广泛阅读了西方近代的文学、艺术和哲学著作，深受尼采、果戈理、陀思妥耶夫斯基、福楼拜、斯特林堡、波德莱尔等西方思想家和作家的影响，成为学校文学杂志《新思潮》的重要撰稿人，并逐渐成长为日本大正时代（1912—1926）的代表作家。1921年，芥川龙之介到中国旅游三个月，回国后发表《上海游记》《江南游记》等。1927年，因受健康和情绪困扰，服安眠药自杀，年仅35岁。

芥川龙之介

芥川龙之介对于人性内在之真有着深刻的洞察，并能够运用创造性的文学技巧来传达这种洞察。早期的《罗生门》、晚期的《竹林中》等作品都非常典型地体现了这一点。黑泽明1950年导演的黑白电影《罗生门》将《罗生门》《竹林中》这两个故事成功融为一体，获得1951年威尼斯国际电影节金狮奖，以及1952年第24届奥斯卡金像奖最佳外语片奖。

电影《罗生门》剧照

短篇小说《竹林中》首先可当作侦探小说来读。它围绕一位名叫金泽武弘的武士被杀身亡、其妻子真砂失踪的案件而展开。整个故事先由五个相关人物以第一人称叙述组成法庭审讯场景，最后两个场景则由女主人公在寺庙里的忏悔以及武士亡灵借巫师之口的叙述组成。小说的三个关键人物的叙述充满了相互矛盾之处，使得武士的死亡成为无解之谜。

谁更可能是凶手呢？理由何在？请你再阅读一遍小说，然后把你的回答写在下面。

____

____

____

____

谁最可能是凶手?

请你看看下面几位同学的不同见解，并反思你自己的回答是否需要补充修订。

甲：我觉得女人最有可能是凶手，原因有三：首先，按照她母亲的说法，她是一个性格刚烈的女子。这样一位女子当着丈夫的面受辱过后，萌生出杀死丈夫再自杀的想法也是正常的。其次，大盗有可能为了维护这个女子把罪责揽到自己身上，因为大盗承认自己非常喜欢这个女子，甚至想娶她为妻，替她再背一条人命也无妨。最后，武士宣称自杀，可能是为了维护武士道精神以及自己的尊严，也有可能是为了维护妻子，替妻子开脱杀人之罪。

乙：甲对男人的看法非常具有浪漫色彩哦。不过，我也觉得武士是他杀而非自杀。作为一名武士，他不为家国大义献身，仅仅因为妻子受辱就自杀，有违武士道精神。此外，一般武士切腹自杀也不会对准胸口，更不会将刀子拔出来。也就是说，武士不是自杀，是他杀，但这并不代表女人就是真凶，大盗也可能是凶手。

丙：嗯，我觉得大盗嫌疑最大。首先，他是一名惯犯，杀人没有太大的心理负担。其次，他没有必要承认不属于自己的杀人之罪来加重自己的罪行。最后，他描述的打斗场面和樵夫看到的地面狼藉很吻合。

丁：在我看来，大盗未必是凶手。根据差役的证词，大盗早已是命案在身之人，他也承认自己的脑袋早晚会挂在城头。那么，即使不是他杀的，他将其揽在自己头上也无关痛痒。而且，这样做只是为了凸显自己的武艺高强，而不是为了维护女人。我觉得武士的话最可信。因为他人都已经死了，没有必要再维护面子，也因此没必要再撒谎呀！

甲：我还是觉得女人的话最可信。因为其他的人讲述时都是在某种公共场合，只有女人是在寺庙里独自忏悔。对自己说的话，尤其是忏悔的话，应该真实性最高。

乙：忏悔也可能有法师在场呀！而且，人也可能自欺。

丙：武士的话是借巫师之口说出来的，而巫术之事带有迷信色彩，在我看来更不可信。

丁：根据武士的话，他死前隐约感到有人拔了他胸口的匕首。这一点使我很疑惑，突然感觉樵夫也有杀人的嫌疑。因为他是第一个抵达现场的人。他砍柴需要好的工具，看到凶器后也许想占为己有，于是将凶器拔出来，加速了武士的死亡。

甲：唉呀呀，你们都把我整晕了，感觉谁都可能是凶手了。

乙：我觉得大盗、武士、女人三者是直接利益冲突者，他们的话都不可信。利益相关度低的人相对具有可信度。感觉这里面行脚僧是最可信的人，而他偏偏提供的信息最少。

丙：前面行脚僧提到武士的箭筒里有二十多支箭，但按差役的说法最后只剩十七支了，又该如何解释呢？

丁：唉，看来这篇小说根本就找不到真相啊，就是一篇“伪”侦探小说嘛……

为何皆说是自己杀的？

从目前的讨论来看，我们似乎难以找出真正的凶手。这个小说看来故意不回答谁是凶手的问题，那么，我们不妨摆脱侦探小说以找出凶手为阅读动力的模式，换个角度来追问下面的问题：

为什么大盗、真砂、武士他们三个都说人是自己杀的呢？这样做背后的动机何在？

____

____

____

____

让我们更仔细地来审视他们三人各自的说辞。大盗解释自己的作恶根源和经过，认为自己并不比其余人坏多少。首先，他意外瞥见武士之妻的美貌而起歹心，又为了与她长相厮守而动了杀机。而且，他声明“就算要杀男人，我也不想用卑怯的手段”，先给武士松绑以进行公平决斗，苦斗二十三个回合才把武士杀死。他的话塑造了一个武艺高强、爱美心切但有江湖风范的草莽英雄形象。我们也可利用排除法来进一步解释。如果说成是武士自杀或者是其妻子所杀，大盗在公众面前都会感到难堪。因为武士自杀只是烘托了武士的尊严，而目睹女人杀了武士丈夫，对大盗来说也是很不光彩的事情。两种情形都显得自己是个猥琐的色鬼，害得别人夫妻反目、家破人亡。而说成是自己通过公平比武杀了武士，至少可以烘托大盗理想的自我形象。

接下来，让我们探讨真砂为何说是自己杀了丈夫。可同样利用排除法。如果是大盗杀了她的丈夫或者她丈夫含恨自杀，那么不管是她在现场目睹丈夫之死还是她趁他们在厮杀的时候自己一个人逃命而去，都会让人感觉她没有尽到家人相互支持和共患难的责任。只有先突显丈夫对自己的抛弃，让家人关系彻底断裂，方能解释她为何弃夫而去。从她的叙述来判断，她杀夫的行为完全是为了保持自己贞洁烈女的形象。因为在丈夫眼里这一形象已经被毁，那么只有毁灭丈夫才能抹去不贞洁的印记。于是，不管现实是不是她杀死了丈夫，她都在自己的意识中将丈夫杀死了。

最后，我们来看武士亡灵之言。对武士而言，他身为武士却不能保护自己的女人，因自己贪便宜而落入大盗的陷阱，目睹妻子被大盗强奸，已经颜面扫地，如果他最终如大盗供述的那样为大盗所杀并差点被人夺走妻子，那么他作为武士的尊严将彻底失去；而如果他最终是为娇弱的妻子亲手所杀，在他眼里这就比为武艺高强的大盗所杀更不堪，所以他只能声称是自杀，以保留最后一点武士气节。

所以，三个人都说自己杀了人，都是为了塑造和传递一个更理想的自我形象。大盗说自己杀了武士，以突显自己武艺高强、爱美心切但有江湖风范的草莽英雄形象；女子说自己杀了丈夫，则是要维护自己的贞洁烈女形象；而武士说是自杀，则是拼命想保持最后的武士气节和尊严。

我们在此换位思考一下：如果你是他们三人中的一个，你可能会怎么处理呢？

____

____

____

____

谁是罪魁祸首？谁最可怜？

我们在前面试图追问谁最可能是凶手而没有令人满意的答案，转而追问为何三个主要人物都说人是自己杀的。我们得到的答案是三个人都是为了使自己在不堪情境中能有一个更理想的自我形象。那么，问题是，他们在塑造理想自我的时候，又让谁去背负道德责任，为他们杀人或自杀提供借口呢？也就是说，整体来看，谁被看作是罪魁祸首呢？

我们先看大盗多襄丸的供述。

> 没要男人的命——对，那之后，我并没打算杀男人。可是，当我丢下哭倒在地的女人，朝竹林外逃去的时候，女人忽然发疯般地抓住了我的手臂，断断续续地叫喊起来。她说的是，要么你死，要么我丈夫死，反正你们要死一个，在两个男人面前出丑，比死还痛苦，不管你们中的谁，活下来的那一个，我就跟他走——她气喘吁吁，说了这番话。就在那时，猛然间，我对男人起了杀心。（阴郁的兴奋）
>
> 听我这么说，你们一定觉得我生性残忍吧。可是，那是因为你们没看到那个女人的脸，尤其是，你们没有看到那一瞬间，她那像火焰燃烧般的眼睛。我和女人眼神相撞的那一刻，我想，哪怕是天打雷轰，我也要娶这个女人为妻。

他的话体现出一种典型的强盗逻辑：不是我的错，是她太有诱惑力。很明显，多襄丸把自己杀人的动机归咎于真砂，认为正是她诱使自己杀了武士。

再来看武士亡灵的证词。他说妻子竟然在被强盗凌辱后被强盗的花言巧语弄得“恍恍惚惚”“像做梦似的”，对强盗说：“你带我走吧，去哪儿都行。”更糟糕的是，她指着杉树下的丈夫说：“杀掉他！只要这个人活着，我就不能跟你走！”她发狂似的连连喊着：“杀掉他！”很明显，武士把自己自杀的原因也归咎于妻子的无情背叛，认为导致自己的悲剧的罪魁祸首是妻子。而且，他只字不提自己因贪财而上了多襄丸的当，却表明自己宁可饶恕多襄丸也无法原谅妻子。

那么真砂自己是如何解释的呢？她将自己杀死丈夫归罪于丈夫对被凌辱妻子的轻蔑。她这样描述丈夫轻蔑的眼神：

> 丈夫的目光与方才没有丝毫变化，除了冰冷的轻蔑，还现出憎恶之色。羞耻、悲哀、愤怒……

面对丈夫轻蔑而憎恶的眼神，她决定杀夫然后自杀：

> 夫君，事已至此，你我不可能在一起了。我决意一死，可是……可是，你也得死。你目睹了我的耻辱，我不能把你一个人留下。

所以，真砂指责的也不是多襄丸而是丈夫。但是，她最终将杀夫的直接动机归为自己，承认杀夫是为了维护自己的面子，而这一点两个男人都不敢承认。从三位主要人物的叙述来看，真砂成了道德上的罪魁祸首。

从旁观者的角度来判断，这起案件的罪魁祸首本来应该是多襄丸。可是，为什么他恰恰没有被两位受害者指责呢？真砂为何成了被指责最多的人？你对此有何看法？

____

____

____

____

为了回答这个问题，让我们先思考另一个问题——他们三个谁最可怜？有同学说武士最可怜，他目睹妻子被大盗强奸，这是男人的奇耻大辱，而且生命本来是最珍贵的，武士最后却连命也丢掉了。也有同学愤然反驳说，女人在丈夫面前被人强奸，这对女人来说不同样是奇耻大辱吗？女人身体被大盗强奸，精神上又被丈夫羞辱，而且求死不成，陷入生不如死的境地，这不比死亡更悲惨更可怕吗？

你认为哪种观点更有道理呢？

在他们三个人中，真砂显然是最弱的，最没有反抗能力。她成为被指责最多的罪魁祸首，我想，这里面反映了一个人类社会的普遍心理，即从弱者中寻找替罪羊，来脱卸肩上的责任与内心的负担。在男权社会里，大盗和武士本是强者，这两个男人为了遮掩自己的阴暗和懦弱却达成某种心理联盟，通过归罪于真砂而获得心理优势。真砂成了他们的替罪羊。“红颜祸水”的观念也典型地反映了男权社会中男人拿女人来掩盖自己无能的做法。这样的做法展现的不是男人的力量，而是男人的渺小，提供的不是真相，而是遮盖真相的障眼法。

形式技巧与主题

为了凸显“真相难以追寻”的主题，芥川龙之介在写作技巧上颇具匠心。

它采用了多个第一人称视角的叙述方式，即让每个人物从自己的角度围绕同一事件提供相关信息或解释。一般而言，多视角叙述有利于超越某一个人物的单一记忆、认知局限、偏见以及主观意图干扰，去除某一种视角和声音的主导与独断，帮助读者更好地接近事实真相。

那么，《竹林中》这个文本又展现了多视角叙述的哪些优势呢？其一，它可以训练我们的推理能力，促使我们在极力找寻真相的过程中增加参与的乐趣。其二，它可以训练我们的换位思考能力、共情能力（empathy），提高我们的情商。其三，它帮助我们认识到，每个人总会站在自己的角度看世界。每一种视角都由该视角主体的欲望与成见所决定，可反映出其当时的内心渴求及自我定位，带有明显的利己倾向。其四，它让我们明白，既然每一种视角都有偏颇之处，那么历史的真相不可还原，绝对的真相无可追寻。所以，我们必须承认历史的文本性、虚构性。想进一步研究文学，甚至想进行文学创作的朋友，可以去看看叙事学方面关于视角的理论。

此外，从认知科学的角度看，我们没必要过分从道德上责备三位主人公尤其是真砂的可能的撒谎行为。前面提到，记忆深受当下的目标和态度的影响。在长期的自我暗示和自我诉说之后，自己想要的结果可能会慢慢变成记忆，那些与当下态度吻合的事件描述往往会被错误地认为是实际经历过的。我们有这样一句习语：谎言说多了也会变成真话。这一方面说明谣言的可怕，但另一方面也反映了人类的认知机制。

我们不妨做这样的假设，三位主人公（尤其是真砂，如同《堪萨斯》里的那位男孩一样[①]）在自己的脑海里演绎了该事件的经过及其他可能性之后，最终选择一种最符合自我定位的解释，让其保留在意识层面，而将自己不愿意看到的事实或其他可能性压抑在潜意识甚至无意识里。那么，当意识选择最理想的解释一遍又一遍进行叙述时，久而久之，记忆很有可能出错。将自己的幻想内容记成来自生活中的真实事件，从而走向理想的自我定位，逐渐获得内心的安宁。这体现出人类超越记忆局限以求生存的本能。

最后，我想引用柴静《看见》一书中的部分内容和你共勉：

> 陈虻说："宽容的基础是理解。"我慢慢体会到，理解的基础是感受。人能感受别人的时候，心就变软了，软不是脆弱，是韧性。柏大夫说："强大了才能变软。"……我觉得世间有另一种可能——客观是对事件中的任何一方都投入其中，有所感受，相互冲突的感受会相互克制，达到平衡，呈现出"客观"的结果，露出世界的本来面目。[②]

总之，我们不能奢望完全抵达真相，而只能尽可能地接近真相。

课后作业与现实反思

1. 我们如何尽可能地求真呢？请认真思考，并努力给出自己的答案。

____

____

____

____

2. 请针对你曾和家人、朋友之间产生过的误会，或者某个引起社会广泛争议的事情，根据以下步骤，努力做出自己的思考与判断。

① 见本书第四章。

② 柴静. 看见. 桂林：广西师范大学出版社，2013：383.

第一步，努力去了解各方信息，跳出单一视角的局限。

第二步，在审视各方提供的信息时深入地去感受每一方，代入每一方，以减少局外人的偏见。

第三步，跳出局内人的主观情绪偏向，冷静分析每一方的立场和需求，尽可能滤掉因他们的个人立场和需求而产生的对信息的干扰。

第四步，反思自我，审视自己的立场对信息形成的可能干扰。

第三章 《简·爱》

独立、自由与爱

预习题：

1. 请问你之前读过《简·爱》吗？你对该作品的哪些方面依然有印象？它和灰姑娘模式的爱情故事有何异同？

2. 请用几个词概括你对以下人物的印象和评价。

简·爱：

罗切斯特：

伯莎：

3. 假设你是一个出身普通的女孩或男孩，你的主要优势是你很聪明、受过良好的教育。突然有一天，你的顶头上司看中了你，他/她出身名门，且家庭富有，并向你暗示了爱意。你们俩深陷情网，但你后来发现他/她其实是已经有家庭的，而且其配偶因特殊原因无法跟他/她离婚。他/她苦苦哀求你留在身边，发誓一辈子爱你，并给你足够的物质保障，而你内心也非常爱他/她，那你很可能会怎么办？

4. 简·爱处在类似于上面第3题的情境中。她选择的是离开。她为何如此选择？为此选择付出了怎样的代价？最终结果如何？与你在第3题中的选择有何异同？

作者简介及作品特色

乔治·瑞奇蒙创作的《夏洛蒂·勃朗特肖像》

《简·爱》这部作品带有一定的自传色彩，可以看作是作者夏洛蒂·勃朗特（Charlotte Brontë）基于个人生活经历的白日梦想象。

夏洛蒂 1816 年出生于英国东北部约克郡的一个小镇上，父亲是个管教严格的牧师，母亲在她五岁时因病去世。父亲的难以亲近、母亲的早逝，使夏洛蒂内心格外渴求父母之爱。而她笔下的简·爱渴望舅母的爱，渴望寄宿学校老师的爱，对年龄偏大的罗切斯特的眷恋似乎也体现出寻找父母之爱的潜意识。

夏洛蒂八岁时，她和两位姐姐以及一位妹妹先后被贫穷的父亲送到一所专收神职人员孤女的慈善机构——柯文桥女子寄宿学校读书。[①] 学校条件恶劣，她的两个姐姐不久感染流行病去世。这段经历成为小说中描写的劳渥德寄宿学校的现实基础。

弟弟布伦威尔·勃朗特创作的《勃朗特三姐妹画像》，从左到右依次为安妮、艾米莉、夏洛蒂

在两位姐姐病逝后，夏洛蒂和妹妹被父亲领回家中待了六年。在这期间，她和两位妹妹如饥似渴地阅读各类图书，并且一起尝试创作，合办了一个供家庭内部欣赏的手抄刊物《年轻人杂志》，这个杂志成了她们彼此娱乐、相互促进的文学小天地，为她和两位妹妹艾米莉以及安妮成为文学界知名的“勃朗特三姐妹”打下了良好的基础。

---

① 盖斯凯尔夫人．夏洛蒂·勃朗特传．上海：上海译文出版社，1987：57.

夏洛蒂15岁的时候，病弱的父亲把她送到另一所寄宿学校，希望她接受教育后能尽快自立并帮助养家糊口。已进入青春期的夏洛蒂身材瘦小，嘴巴有点歪，鼻子偏大，眼睛既近视又有些斜视，以至看书时鼻尖几乎碰到了书面，再加上简朴老气的衣着，让人感觉有点像个小老太太般滑稽。不过，夏洛蒂以优异的成绩部分弥补了自己外表的不足和家境的窘迫，毕业后还曾在母校担任教师。之后，她离开伍勒女士的学校去富人家里当家庭教师，但因受到冷遇和歧视而辞职。而在《简·爱》中，简同样是个外表极其普通，甚至有点丑的女孩，但她天资聪颖，毕业后同样留校任教，后来又当家庭教师，代表了早期女性知识分子形象。

在感情上，夏洛蒂曾眷恋过两位在创作上指引过她的男士。一位是她在欧洲旅行和学习时结识的已婚男子艾格尔先生，另一位是她的出版商乔治·史密斯先生。这两次浪漫情愫均以失败告终，使夏洛蒂在感情上留下巨大空洞，而她将努力在创作中通过玫瑰色的白日梦想象慢慢填补它。夏洛蒂的这些人生经历都在《简·爱》中得到了直接或间接的反映，为我们理解《简·爱》提供了现实基础。

在19世纪，写作依然被普遍看作是男人的事。在创作《简·爱》之前，20岁的夏洛蒂曾将自己写的诗寄给当时的桂冠诗人罗伯特·骚塞（Robert Southey），恳求他的指导，而骚塞直言不讳地告诉她："文学不可能也不该是妇女的终生事业。"[①] 但这并没浇灭她们姐妹的创作热情。1846年，夏洛蒂、艾米莉以及安妮三姐妹分别创作出《教授》《呼啸山庄》《艾格妮丝·格雷》，其中只有后两部被出版商接受了。面对退稿，夏洛蒂重新鼓起勇气，以惊人的速度在一年内完成了《简·爱》，结果该小说比两位妹妹的小说还先出版。

《简·爱》这部小说有着诸多吸引读者的地方。坠入情网过程中充满机智的相互试探、欲罢不能的激情、欲擒故纵的策略，哥特风格中因惊天秘密而带来的恐怖氛围，以及主人公罗切斯特因这个秘密而语言充满玄机和潜台词，这些都是引人入胜之处。简·爱因外表普通、出身贫寒而自卑，但又有着充满智慧的头脑、美丽的心灵和良好的表达能力。所以，她的言语和行动总是谨慎、克制而又充满机智。这几点使得她和罗切斯特的每一次交流都充满张力，他们自己欲罢不能，让读者也欲罢不能。

此外，简·爱对现实的一次次或激烈或机智的反抗也给读者带来强烈

---

① 盖斯凯尔夫人．夏洛蒂·勃朗特传．上海：上海译文出版社，1987：138.

的冲击，值得我们好好借鉴。在那个创作属于男人的时代，女性内心的声音与渴求长期得不到充分的表达，也因此得不到广泛的倾听。而夏洛蒂的《简·爱》为传递女性的声音与渴望做出了卓越贡献。马克思称赞狄更斯、萨克雷、夏洛蒂·勃朗特和盖斯凯尔夫人等人是“现代英国的一批杰出的小说家，他们在自己的卓越的、描写生动的书籍中向世界揭示的政治和社会真理，比一切职业政客、政论家和道德家加在一起所揭示的还要多”①。

故事梗概

《简·爱》这个故事写了五个不同的阶段，每个阶段对应一个地点。第一阶段讲述的是父母双亡的简·爱在里德舅舅家的童年遭遇。在舅妈眼里，简·爱喜欢找碴，爱寻根究底，还敢顶嘴，是个很不讨人喜欢的丑小鸭。大人的态度也直接影响了表哥表姐妹们，他们对简·爱也表示嫌弃和蔑视。有一次，14 岁的表哥在辱骂了简·爱之后又将她打伤，忍无可忍的简·爱奋起反抗，招致舅妈对她进行严厉的处罚，将她一个人关在里德舅舅去世的那个红屋子里，简·爱由此受到极度的惊吓。但是，舅妈并没有因此罢休，很快下定决心把她赶出家门，将她送进一所寄宿制的慈善学校。为了封住简·爱的口，免得她在学校披露在舅妈家受的虐待，舅妈还当着简·爱的面告诉校长，说简·爱是个爱说谎的坏孩子。面对舅妈的诬蔑，简·爱也用激烈的言辞进行还击。从这一阶段，我们看到了一个在逆境中敢于反抗的小女孩。

小说的第二阶段描写的是简·爱在洛伍德慈善学校的经历。学校的条件十分恶劣，校长勃洛克赫斯特牧师虚伪而严苛，克扣学校的经费来牟取私利。简·爱在这里经受了贫困的折磨和精神上的压抑，虽然与同学海伦结为好友，但可惜海伦很快因病去世。稍微幸运的是，学校里的谭波尔小姐是一位聪明善良的老师，成为简·爱学习的榜样。简·爱在这里刻苦学习，获得了谋生的本领，性格也磨炼得更加坚毅独立。于是，她离开洛伍德慈善学校，应聘到桑菲尔德庄园当家庭教师。

小说的第三阶段描写的就是简·爱在桑菲尔德庄园的故事。她的学生阿黛尔是庄园男主人罗切斯特的养女（也有可能是私生女）。庄园里不时出现诡异的事情，如令人毛骨悚然的笑声、半夜的脚步声等。有一个晚上，

① 马克思，恩格斯. 马克思恩格斯全集：第十卷. 北京：人民出版社，2008：686.

罗切斯特的床上起火，幸得简·爱及时发现，把火扑灭，救了他一命。这种共患难的经历，以及深入的精神交流使得简·爱和罗切斯特的心灵一步步靠近。罗切斯特用当地的社交名媛英格拉姆小姐来试探和考验自己和简·爱之间的感情。他最终决定向简·爱求婚。可是，在婚礼现场，有人赶来干涉，指出罗切斯特另外还有一位活着的妻子。罗切斯特被迫承认他的阁楼上关着自己的疯妻子。遭受这一晴天霹雳的简·爱不顾罗切斯特的苦苦哀求，选择悄悄离去。

小说的第四阶段描写简·爱离开桑菲尔德庄园之后的经历。她离开之后的几天内饱受饥寒交迫之苦，最终晕倒在一户人家门外。这户人家住着里弗斯三兄妹，他们竟然是简·爱的另一个表亲家庭。简·爱和他们在一起，有了暂时的安顿之所。在此期间，简·爱为了自食其力而接受了表兄圣约翰·里弗斯安排的一个酬劳微薄的乡村教师工作。不久，简·爱意外获得了叔叔留给她的 20 000 英镑的巨额遗产，她慷慨地和里弗斯三兄妹平分，每人 5 000 英镑。他们因此获得了真正的经济独立。圣约翰请求简·爱嫁给他并陪他远赴印度去传教，但他求婚的理由不是因为他爱她，而是感觉她吃苦耐劳，适合做传教士的妻子。简·爱不认同圣约翰对待爱情、婚姻的过于理性的态度，而且她的内心依然牵挂着罗切斯特，所以面对圣约翰的求婚非常犹豫。这时，她似乎听到了罗切斯特遥远的呼唤，于是决定重返桑菲尔德庄园看看情况怎样。

小说的第五阶段描写的是简·爱重返桑菲尔德庄园的经历。她到了之后，才知悉桑菲尔德庄园已经被烧毁，罗切斯特的疯妻子也被烧死，而罗切斯特失去了一只手臂，并且双目失明，孤独地生活在芬丁庄园。在简·爱看来，他们之间的障碍已经消失，于是她毅然和罗切斯特结婚、生子，而罗切斯特在她的精心照料下，一只眼睛也逐渐恢复光明。整个庄园焕发出爱的生机。

简·爱少女时期的激烈反抗与柔化

少女时期的简·爱充满反抗精神，往往给人以“不在沉默中爆发，就在沉默中灭亡”的感觉。从她的身上，读者也许体会到小时候那个叛逆的自己，并因她有能力说出自己可能一直没说出来的话而热血沸腾、大感痛快。不过，多读几遍，你也许会发现，叙述者在展现反抗的时候也总是试图用另一种更柔和的力量来均衡。我们来看看她的反抗历程。先从她在舅妈家的经历说起。

我们看看她与大她四岁的恶霸表兄之间的对抗：

> 我已经挨惯了约翰·里德的责骂，所以压根儿就不想回嘴，我一心只想着怎么来挨过辱骂之后必然会来的殴打。(5)[①]
>
> …………
>
> 书已经扔了过来，打中了我，我跌倒了，头撞在门上，碰破了。伤口流出血来，痛得要命。我的害怕心理已经超过了极限，被其他心情取代了。
>
> “你这残酷的坏孩子！”我说，“你简直像个杀人凶犯……你像是个监工头……你就像那些罗马暴君！”(6)
>
> …………
>
> 我明知道，一时的反叛早已经使我难免要受到种种难以想象的惩罚，因此像所有造反的奴隶那样，我在绝望中下决心索性一不做二不休。(8)

她这次反抗的结果是被关在了小孩觉得闹鬼的红屋子里，受到了很大的惊吓。但是，如果她当时不反抗表兄呢？长期不反抗、不发泄可能导致更严重的心理障碍。而且，她如此激烈地反抗了之后，相信她的表兄后来也不敢随意欺负她了。所以，她刚到洛伍德慈善学校的时候，对好朋友海伦说：“当我们无缘无故地挨了打，我们一定要狠狠地回击。我相信我们一定得这样，——得非常非常狠，好教那个打我们的人永远不敢再打。”(66)当我们感受到简·爱的话让人痛快的时候，作者却借海伦之口表达了另一种观点：

> “异教徒和野蛮民族才信奉这种道理，基督徒和文明的民族是否定它的。”
>
> “……如果你尽量去忘掉她的严厉，和因此引起来的愤激情绪，你不是会过得更快活一些吗？我觉得生命太短暂了，不值得把它花费在怀恨和记仇上。我们在世上，人人都有一身罪过，而且也不可能不是这样。但是不久总会有那么一天，我相信，我们在摆脱自己腐败的躯壳时，同时也就摆脱了这些罪过。……我平静地活着，期待着末日。”(66)

---

① 勃朗特．简·爱．吴钧燮，译．北京：人民文学出版社，1990．下文中有夹注处皆引自该书，夹注内为原书页码。

海伦的话体现出她深受基督教的影响。这种慈悲与平和带着浓厚的出世精神，让你感觉少了一个少女本应具备的生命的活力和激情。我们也许敬仰海伦的精神境界，但是，我们似乎更喜欢敢爱敢恨的简·爱。

我们再来看她在舅妈当着校长的面说她是个爱骗人的孩子之后的愤怒爆发：

> “我并不爱骗人，我要是爱骗人，就会说我爱你了，可是我明说，我不爱你，除了约翰·里德，世界上我最恨的就是你了。要说这本讲到撒谎者的书，那你最好还是拿去给你的女儿乔治娜，因为爱撒谎的是她，不是我。
>
> “……你以为我没有感情，以为我连一点点爱、一点点亲切都没有也行，可我是没法这样过下去的，但是你却连一点儿怜悯心也没有。我到死都忘不了你怎么推搡我——粗暴而凶狠地把我推进红屋子，把我锁在里面，不管我怎么痛苦得要死，大声喊道：‘可怜可怜我！可怜可怜我，里德舅妈！’还有你那个坏孩子无缘无故地揍我，把我打倒在地，你为了这个给我的那顿责罚。不管谁问起，我都要告诉他们这是实情。别人都以为你是个好女人，其实你很坏，又狠心。你才会骗人呢！”
>
> 还没等反驳完，我的心就已经开始越说越欣喜，越说越舒畅，有一种从来没有过的奇怪的自由感和胜利感。(38－39)

当读者为简·爱的语言反抗拍手称快的时候，第一人称的叙述者又开始朝另一个方向去均衡这种破坏力：

> 一个孩子像我方才那样跟长辈吵架，像我方才那样毫无禁忌地大发一顿脾气之后，是决不会不感到悔恨的痛苦和事过境迁后的沮丧的。一块着了火的小树丛，气势汹汹，光焰四射，吞没一切，可以作为我方才责难和威胁里德太太时那种心情的恰当比喻；而火灭以后成为乌黑焦土的这块小树丛，也同样可以准确地象征我事后的心境。这时候经过半个小时的默默反省，我已经感到了自己这种行为的疯狂，以及我这种既恨人又被人憎恨的处境之可悲。
>
> 我头一次尝到了一点报复的滋味。它就仿佛芬芳美酒一般，刚喝下时觉得暖和和、香喷喷，可事后的回味却又涩又辣，给我一种喝了毒药似的感觉。(40－41)

这段反思事实上不是当时才发完脾气半个小时的简·爱的心声，而是年长的、正在回忆往事的“我”的态度，或者说，体现的是叙述者“我”因态度变化而对记忆产生了无意识的干预，形成了记忆偏差。因为，如果简·爱当时就能如此深刻地反省，她就不会在后来和海伦聊天时说出那番要狠狠还击对手的话来。

所以，总体而言，叙述者“我”既努力呈现了过去那个在压迫中奋起反抗的“我”，又用当下的、更成熟的眼光来审视这种具有破坏力的反抗，试图用另一种更柔和的力量来减弱反抗所带来的冲击力。

为什么《简·爱》这个文本在展现女性在沉默中爆发的声音的同时，要努力柔化反抗的力量呢？请思考一会儿，在阅读进一步的分析之前，先写下自己的看法。

从更广阔的社会层面来看，女性的激烈反抗难以被当时的社会接纳。这从舅妈里德夫人及其仆人的话语中部分展现了出来。舅妈因她“爱找碴、爱寻根究底”、爱顶嘴而让她“找个地方坐着去，除非会说中听的话，否则就闭嘴别再作声啦”（1）。舅妈禁止她参与一家人坐在炉火旁的温馨时刻，因为那是“只有高高兴兴、心满意足的小孩子家才配得到的特殊待遇”（1）。仆人也说她是一个“坏脾气的讨厌孩子”（25）。那时候对女性的要求就是做一个房间里的天使形象，美丽而温顺。如果一味地展现简·爱的反抗，则不利于得到当时读者的认同。所以，作者让洛伍德慈善学校的海伦和教师谭波尔小姐来柔化简·爱的反抗。海伦强烈信奉基督教，小小年龄就极具忍耐力和慈悲之心，而谭波尔小姐优雅智慧、善良温和，成为简·爱仿效的榜样。所以，简·爱在洛伍德慈善学校总体上缺乏反抗的高潮，变得更为克己和宽容。但是，简·爱身上反抗的力量，将以一种更隐晦的方式表达出来。

简·爱成熟时期的反抗

到了桑菲尔德庄园，简·爱经历了人生中最艰难的一次反抗。当她在婚礼上得知罗切斯特还有一位疯妻子之后，她不顾罗切斯特的苦苦哀求，也不顾自己对他的深深眷恋，毅然选择了离开。

在她离开之前，罗切斯特向她彻底敞开心扉，诉说自己的黑暗过往，一再表明他今后只愿和她在一起，并许诺说第二天就可以带她远走高飞，到他在法国南部的别墅长相厮守。

以今天的眼光来看，罗切斯特所说的这一切依然是多么有诱惑力啊！远走高飞，和心爱的人厮守在一起。可是，简·爱却用强大的内心力量抵制住了诱惑。

她靠什么做到这点呢？请思考一会儿，在阅读进一步的分析之前，先写下自己的看法。

____

____

____

____

我们可以先看看她从罗切斯特以前的感情经历中受到的启发。当她听罗切斯特诉说自己以前包养过三个情妇时，她质问道："你难道觉得像这样生活——一会儿跟这个情妇好，一会儿又跟另一个情妇好——一点儿都没什么不对吗?"罗切斯特回答道：

> 我当时就是那样，可我并不喜欢那个样子。……花钱包下一个情妇是仅次于买下一个奴隶的坏事情，她们禀性往往较劣，地位总是低下，而跟低劣的人亲密地一起生活会让人堕落。我如今最恨回忆起自己当初跟塞莉纳、嘉辛塔和克莱拉度过的那段时光。(403)

听到他的话，简·爱立刻意识到自己如果答应继续跟他在一起，也会受到他今后的鄙视，会落得和其他情妇一样的下场。小说这样写道：

> 我觉得这些话是确凿的，而且我也从中得出了肯定无疑的结论，要是我一旦忘了自己和以往所受的一切教导，竟至于——以任何借口、靠任何辩解、受了任何诱惑——去步那几个可怜的姑娘的后尘，那他有一天准会用他眼前回忆起她们来时的那同样的亵渎心情来看待我。(403)

罗切斯特进一步指出她不必在乎自己的违法行为，"因为你既无亲又无友，用不着担心因为跟我一起生活而得罪了他们"(409)。这时简·爱也确实觉得："这世界上谁在乎你？你干些什么又会损害到谁?"但是，她内心的另一个声音在说：

我自己在乎我自己。越孤单，越无亲无友，越无人依靠，我越是要尊重自己。我要遵从上帝颁发、世人认可的法律。……法律和原则并不是为了用在没有诱惑的时候，它们正是要用在像现在这样肉体和灵魂都起来反对它们的严肃不苟的时刻。(410)

读到这儿，我们都会深深地被这种自尊自爱的力量打动。正是这种自尊自爱，帮助简·爱抵御了常人难以抗拒的诱惑。也正是因为如此，她才真正证明自己和罗切斯特的那些情妇不同。她坚信，失去了原则，也必将失去有尊严的爱，失去心灵的自由。所以，她这次反抗的是没有原则的爱。

比起今天的女性来，简·爱的这次反抗付出的代价要沉重很多。因为，当时的女性很难有独立谋生的机会。做家庭教师一年的工资也只有 30 英镑。她离开的时候并没有领工资，只带走属于自己的一点微薄盘缠，而且连这点盘缠也因精神恍惚而落在了马车上。为了躲避罗切斯特的追寻，同时也因难以拉下面子去乞讨，她在饥寒交迫中晕倒在别人家门前。这在当时是完全有可能的，因为女性基本都是待在家里，出去谋生的机会非常少，像她这样一个流浪在外的年轻女子，很容易被看成是不正经的风尘女子，难以得到别人的帮助。今天的女性要养活自己远比简·爱容易。可是，又有多少年轻女孩能像简·爱这样凭借自尊自爱来坚决反抗没有原则的爱呢？

简·爱抵制住了罗切斯特没有原则的爱。而她后来又经历了人生的另一次艰难反抗，反抗的是有原则却无爱的表兄圣约翰的求婚。圣约翰狂热地追求宗教事业，为此压抑自己的天然情欲，还想拉着能吃苦耐劳的简·爱一起献身于传教事业。简·爱答应以兄妹关系陪他去印度，但在圣约翰看来，如果他们两人不结婚而结伴同行则不符合传教士的规矩。所以他向简·爱求婚。这在尊重自己内心的简·爱看来是难以忍受的。所以，尽管表兄英俊、善良、有才华，而且是自己的救命恩人，简·爱最终还是听从了自己内心的呼唤，决定先去探望罗切斯特后再做打算。

从这两次反抗可看出，简·爱已经不再是因愤怒而将自己的刺全部竖起来的小刺猬一般的少女，而是变成了一个拥有强大内心力量的成熟女性，既拥有抵御巨大诱惑的理性，又不乏热爱俗世生活的激情。

反抗的明线与暗线：简·爱与伯莎

你认为罗切斯特的疯妻子伯莎·梅森在小说中的功能是什么？请思考一会儿，在阅读进一步的分析之前，先写下自己的观点。

我们在前面提到，作者并没有把反抗的力量真正消减掉，而是以一种更隐晦的方式表达出来。这种更隐晦的方式正体现在疯妻子伯莎·梅森身上。我们再来看那段反思少女简·爱反抗她舅妈里德太太的话。

> 一块着了火的小树丛，气势汹汹，光焰四射，吞没一切，可以作为我方才责难和威胁里德太太时那种心情的恰当比喻；而火灭以后成为乌黑焦土的这块小树丛，也同样可以准确地象征我事后的心境。这时候经过半个小时的默默反省，我已经感到了自己这种行为的疯狂，以及我这种既恨人又被人憎恨的处境之可悲。

我们知道，被囚禁在桑菲尔德庄园阁楼的疯女人伯莎正处于既恨人又被人憎恨的可悲处境之中，她在桑菲尔德庄园数次纵火，最后彻底烧毁了桑菲尔德庄园。伯莎的这种形象和简·爱上面这段自我反省的形象何其相似！我们下面来细细分析简·爱如何压抑自己的欲望，而最终借助伯莎来间接表达反抗，实现欲望的满足。

简·爱和罗切斯特在相恋的过程中，各自心中有着难以逾越的障碍。对罗切斯特而言，这个最大的障碍就是他有一位活着的疯妻子，再娶其他人是违法的。所以，他不敢向简·爱吐露这个秘密，怕吓跑了她。可是，他又渴望提前试探简·爱对这件事的态度，所以言语之中充满玄机。对于简·爱而言，因为她之前并不知晓这个障碍的存在，所以她心中一直难以逾越的障碍是当时社会普遍存在的金钱与贵族之间的联盟阵线。再加上她长相普通、身材瘦小，只能努力用自己的知识和智慧弥补种种先天的不足。内心的自卑和接受的理性训练使她努力压制自己的激情和欲望，言语总是谨慎、克制而又充满机智。

可是，这种对欲望的极力压制过程让人内心堵得慌，越压制越想反抗。我们在前面提到，这本小说带着作者夏洛蒂·勃朗特自己的影子，她的情感长期得不到满足，激情总是处于自我压制的状态。精神分析学家弗洛伊德曾指出，作家往往通过自己的创作来进行白日梦的幻想，以安全而且升华的方式满足现实中未能满足的欲望。而读者也在阅读的过程中，通过对人物产生认同而满足内心的某些欲望。如果我们把《简·爱》看作是作者夏洛蒂·勃朗特的白日梦想象，那如何得以反抗男性霸权，有效释放女性长期被压抑的愤怒与激情呢？美国著名女权主义批评家桑德拉·吉尔伯特（Sandra M. Gilbert）、苏珊·古芭（Susan Gubar）为我们提供了非常有创见的观点，她们认为房间里的天使和阁楼上的疯女人其实是同一个人，前者是符合男权社会规范的纯洁善良、谦卑恭顺的贤妻良母，而不符合男权社会规范的女性则被描述成邪恶淫乱、狂野反叛的魔鬼妖妇和疯女人形象。①

在《简·爱》这部作品里，当简·爱逐渐朝着房间里的天使形象发展的时候，被秘密关在阁楼上的罗切斯特的疯妻子伯莎逐渐浮出水面。通过仔细的阅读，我们可以发现简·爱和伯莎的关系非常有意思：在简·爱无力反抗的时候，往往正是伯莎为她提供了扭转的机会。我们不妨以伯莎出现的为数不多的几次事件来一一说明。

简·爱在和罗切斯特几次交流之后意识到，罗切斯特那张原本长得丑的脸“成了我最爱看见的东西”（185）。这表明她对罗切斯特的爱慕、依恋之情在快速滋长，只是她自己不敢承认罢了。正是在这种情感需要确认的时候，伯莎突然在深夜溜进罗切斯特的房间，点燃他的床幔后溜走。而简·爱及时赶来救了罗切斯特一命。这促使罗切斯特忍不住流露出对简·爱的强烈依恋之情，使简·爱确认了这种喜爱是相互的，而不是她的一厢情愿，因此部分扭转了简·爱在情感中的被动局面。

但是，这件事发生 20 来天以后简·爱才再次见到罗切斯特，而且罗切斯特是带着一大帮上流社会的人来家里聚会，其中包括一位传言将来有可能成为罗切斯特妻子的漂亮贵族小姐布兰奇·英格拉姆。罗切斯特要求简·爱出现在聚会的客厅，而那些贵族女子竟然当着简·爱的面嘲笑她女家庭教师的角色，罗切斯特也忙于和客人们交往，使简·爱倍感屈辱。正是在这样的情况下，伯莎的弟弟突然来临，并且在晚上探望伯莎的时候被伯莎咬伤。在这个危急时刻，简·爱再次成为罗切斯特的唯一帮手，罗切斯特也回到她的身边，两颗心进一步靠拢。

我们知道，在和罗切斯特相恋的过程中，简·爱心中一直难以逾越的障碍是当时社会普遍存在的金钱与贵族之间的联盟阵线。她怀着侥幸心理以为自己有力量冲破这一联盟阵线。可是，简·爱在和罗切斯特举行婚礼时，伯莎的弟弟赶来宣告伯莎的存在，阻止了婚礼。从伯莎身上，简·爱清楚地意识到金钱与贵族之间的这个联盟阵线不可逾越，因为伯莎和罗切

① 吉尔伯特，古芭．阁楼上的疯女人．上海：上海人民出版社，2015.

斯特的婚姻正是这种联盟阵线的产物。所以，简·爱由此得到进一步的警告，没有经济独立也就没有超越阶级的可能性。

最后，伯莎放火烧毁了整个桑菲尔德庄园。桑菲尔德对罗切斯特来说，是祖传的产业，也是套在他身上的枷锁。这个祖业的荣耀是借助和伯莎的婚姻保存的。

对于伯莎来说，这个庄园代表的贵族等级头衔是伯莎一家用巨额陪嫁资金换来的。伯莎烧毁庄园并葬身火海，而罗切斯特也身受重伤。所以，这个由伯莎完成的巨大的破坏，宣告了金钱与等级门第之间的黑暗交易的结束，同时也解除了罗切斯特的精神枷锁，扫除了他和简·爱结合的最大障碍。

对简·爱来说，桑菲尔德庄园代表难以跨越的等级鸿沟，伯莎所拥有的财富和背景也是她无法拥有的。伯莎的纵火自杀代表对被囚禁的、生不如死的生活的反抗。她烧毁桑菲尔德庄园，也即扫除了隔在罗切斯特和简·爱之间的鸿沟，这是简·爱潜意识中可能渴望做的事情。理性之中的简·爱无法做出这样的反抗，而只能选择痛苦地离开。彻底反抗的任务留给以疯狂面目示人的伯莎来完成。

而且，伯莎攻击的人都是男性。虽然她也潜入过简·爱的房间，并撕毁了她的婚纱，但是，她从未伤害过简·爱本人。罗切斯特将伯莎描述成一个非常放荡的女人。而这种男性眼中的放荡正是女性被压抑的激情的释放通道，这是正变成房间里的天使的简·爱想做而不敢做的事情。所以，我们可以说，那个疯狂的伯莎确实可以看作是简·爱心中被压制的另一个自我。她在前面就这样反思过：

> 一个女人受到比她地位高的、绝不会想娶她的人的恭维，可不是一件好事。让爱火在心里悄悄燃烧，一旦受到漠视、毫无响应，必将反过来毁掉培育它的人的生命，而一旦受到觉察、得到反应，又一定会像鬼火似的，把人诱进荒野的泥沼而无法自拔，这对任何女人来说都是发疯。(202)

伯莎正是简·爱那个发疯的自我。而且，伯莎既美丽又富有，敢于打破世俗的成规，嫁给罗切斯特。这一切都是那个外表普通、饱受贫寒之苦、有反抗精神的简·爱的白日梦想象中的自我，但是这个内心渴望的自我是无法见容于社会的，她的奋起反抗必将导致自己的毁灭。所以，简·爱只能将魔鬼的可憎的面目分裂成另一个人物形象，将自己无法实现的反抗交给这个魔鬼形象来实现。而这个魔鬼形象的毁灭，代表简·爱心中那个最具反抗力和破坏力的自我的消失，简·爱于是“净化”为符合传统男权规范的房间里的天使形象。而伯莎最重要的优势（财富）也在简·爱这里部分实现，她叔叔的遗产为她添上了天使的翅膀。所以，伯莎与简·爱，代表女性的两个层面。

小说的主题与结尾

这个小说的主题是什么呢？有人会说它是关于爱情的，确实，这个小说最让人荡气回肠的就是简·爱与罗切斯特的曲折而热烈的爱情经历。而最后的结尾也满足了读者渴望有情人终成眷属的愿望。

但是，从整个小说来看，爱情选择只是展现主人公反抗现实的牢笼、追求心灵自由的一个重要层面。我们可以总结一下简·爱的反抗历程。

她在舅妈家反抗的是无爱的养育与亲情。这也使她后来如此珍惜另一家表亲，并与三位表兄表姐妹平分叔叔的遗产，将亲情之爱展现得非常充分。

她在洛伍德慈善学校反抗管理者勃洛克赫斯特虚伪的信仰和无爱的教育，这也使她分外迷恋好友海伦通过信仰产生的慈悲与平和之心，以及老师谭波尔小姐的温情教育，并在她们的影响下逐渐收敛反抗的锋芒，变得更宽容成熟。

她在桑菲尔德庄园反抗的则是无原则的爱。她和罗切斯特爱得如此深切，但当罗切斯特恳求她以情妇的身份继续留在他身边时，简·爱选择离去。如果这部小说的主题只是爱情，那么简·爱为了爱而打破传统道德规范似乎更符合主题。但是，她心中有高于爱情的东西，没有这个东西爱情也将失去保障。所以，这个更高的东西才更像是主题。

她在里弗斯家的三位表亲那里惊喜地获得了亲情的温暖，但当表兄圣约翰要求她嫁给他并一起去印度传教时，她反抗的是有原则而无爱的婚姻。简·爱出于亲情愿意陪他传教，但圣约翰觉得孤男寡女待在一起去传教不符合规范，所以必须以夫妻关系同去。而简·爱难以接受如此贬低俗世爱情的教徒生活。

所以，总体来看，简·爱的一生一直在寻找广义的爱：亲情之爱、友情之爱、恋人之爱。但是，这个广义的爱的前提条件与根本保障是自由的心灵。自由的本质是能发自内心地、根据自己的意志来做选择，而且它常常伴随着挣脱外界的束缚。跟自由对立的，则是囚禁。

我们来看看小说中出现的明显的囚禁场景。首先，少女时期的简·爱曾被舅妈囚禁在红屋子里，而这间红屋子自从舅舅在此去世之后就无人入住，所以是一个让孩子们感觉害怕的空间。必须强调的是，囚禁往往是相互的。舅妈囚禁过简·爱，而舅妈也因简·爱的激烈反抗而受到心灵的煎熬，临死之前，她的心灵还被囚禁在悔恨与憎恨之中无法解脱。

其次，在桑菲尔德庄园，被关在阁楼里的伯莎更是一个被囚禁的典型意象。而罗切斯特说简·爱"被天真无知的魔力蒙蔽住了"，以致看不出桑菲尔德庄园其实像座"土牢"，"辨不出那些镀金只是胶泥，丝绸帷幔只是蛛网，大理石只是肮脏的石板，上光的木器只是些树皮烂木片"（274）。所以，桑菲尔德庄园里的简·爱其实也是身处囚牢而不知。我们前面提到，伯莎其实是简·爱的另一个更具破坏力的自我。所以，简·爱在桑菲尔德庄园处于一张无形的囚禁之网中。

罗切斯特囚禁了伯莎的身体，伯莎也囚禁了罗切斯特的爱情，直到死亡终止了这种相互囚禁的关系。当罗切斯特恳求简·爱以情人的身份留下时，简·爱清醒地意识到罗切斯特的这种没有原则的爱也可能是一种让人窒息和发疯的囚禁。

简·爱的反抗力量通过伯莎而实现。伯莎一把大火将桑菲尔德烧为灰烬的时候，套在简·爱和罗切斯特身上的枷锁得以解除，但伯莎的死亡也意味着简·爱那个反抗的自我的消亡，她基本完成了向房间里的天使的蜕变。

简·爱奋起反抗各种可能的囚禁，将心灵的自由看作安身立命之本。她在人生最艰难的抉择中总是选择顺从自己的判断、按照自己的意志来进行。所以，整个小说与其说是关于爱情主题的，不如说是关于囚禁与自由的充满女性主义反抗色彩的主题的。

但是，作者同时强调，女性心灵自由的必要条件是经济独立。尽管经济独立不一定能享受到心灵的自由，但没有经济独立则心灵的自由无法得到保障。这是从伯莎身上传递出来的警告。

最后，简·爱重返桑菲尔德庄园，和双目失明且失去了一只手臂的罗切斯特结婚。很多人不满意这样的结尾，如译者祝庆英指出："简·爱进入了她本来敌视的贵族资产阶级的行列，和压迫她的社会秩序做了妥协。……全书的现实主义的力量却削弱了。这个结尾不能不说是蛇足。"[①]在

① 勃朗特．简·爱．祝庆英，译．上海：上海译文出版社，2010：13.

我看来，这次选择和主题是相符合的，是她发挥自己的自由意志的结果。因为，此时的她已不再像以前一样将对亲情、友情、爱情的渴望系于罗切斯特一人身上。她和里弗斯一家三兄妹的亲情滋润着她，使她有了情感的支撑。而且，有了表兄的求婚，她是在多种选择中自主选择，而非像以前一样只有罗切斯特一个追求者。

此外，这可以用弗洛伊德的作家与白日梦的理论很好地解释。作者夏洛蒂·勃朗特在现实中情路坎坷，激情得不到回应。她在自己的小说中让有情人终成眷属，也相当于通过白日梦想象发泄了心中的欲望。

当然，支撑着简·爱回到罗切斯特身边的还有一个重要因素，那就是她已从叔叔那继承了 5 000 英镑的资产，已经是一个经济上可以完全独立的人。意外飞来的财富这一情节设置也使得很多读者感觉作品的现实主义力量被削弱。不过，在我看来，这并不违背当时的社会背景。因为，如前面所述，在 19 世纪的英国，女性并没有多少谋生的出路，除了从亲属那里继承遗产，女性几乎只能依附于男性而生存。正是在这样的背景下，简·爱当初拒绝做罗切斯特的情人才更显得勇敢而高贵。而作者夏洛蒂虽然沉浸在白日梦的想象中，但她依然非常清醒地意识到，如果简·爱不能经济独立，那么她依然难以跨越那道由金钱和等级联合垒起的高墙，以经济独立自由之身获得平等之爱。是打破那道坚固的壁垒更可能，还是从亲戚那里继承遗产更可能？夏洛蒂选择了后者，而这种选择似乎更符合当时的现实。

《简·爱》的独特之处

有人说，《简·爱》只是一个灰姑娘故事的翻版。你同意这样的观点吗？我们大家都非常熟悉灰姑娘的故事，也很熟悉丑小鸭的故事。

你能说说这两个故事和《简·爱》有何异同吗？

____

____

____

____

灰姑娘出身普通，并且备受后母和后母带来的两个姐姐的欺压。最后，灰姑娘得到超自然力量的帮助，有机会和王子相遇并展现自己的美貌，最后与王子成婚。

在丑小鸭的故事中，天鹅蛋混在鸭蛋中孵化，刚孵出的小天鹅没有小鸭们可爱，被误认为是丑小鸭，等它逐渐长大，展翅高飞，才震惊了鸭群。

这两个故事的主人公和简·爱的相同之处在于，主人公小时候都饱受嘲讽和欺凌，成长的道路艰辛曲折，而且结尾都是主人公扬眉吐气。

不同之处呢？灰姑娘虽出身低微，但有着传统故事里的女主人公所具有的美貌，她也正是凭借自己的美貌征服了王子。

丑小鸭则本来出身高贵，只是误落在比自己低微的群体里，价值没有得到及时承认而已。

而简·爱呢？她几乎没有任何先天的优势。首先，按网络流行用语来说，她"颜值"很低，身材矮小瘦弱，五官也不端正。其次，她也没有丑小鸭那高贵的出身。

她的力量，主要来自一颗不屈的、勇于追求自我的心，以及后天努力学习得来的智慧。和被动等待王子式的高贵人物来拯救自己的灰姑娘不同，简·爱大胆说出女性的情感需求，展现出情感细腻而思想深邃的女性气质，这种直率、浪漫与深邃在传统故事里都只保留给男主人公。更关键的是，《简·爱》的结尾彻底打破了大英雄救小美人的传统套路，变成是她这样一个普通小女子救了一个大男人，拯救了一个传统意义上的贵族英雄。

另外，《简·爱》有个新颖之处：它的明暗交替的两条线索的巧妙呼应。一方面，它充分借用哥特小说风格制造悬念和张力。在环境营造上，哥特小说经常利用古宅、古堡、暗室、暗道、黑森林、雪夜等元素，制造阴森、神秘、恐怖的氛围。在人物塑造上，哥特小说的主人公往往孤独、充满激情、偏执，男主人公一般比较霸道，而与之相匹配的往往是美丽的弱女子。在情节设置上，哥特小说往往利用某种封存久远的秘密，制造各种悬念和戏剧化冲突，在危急关头，甚至可能出现超自然力量，从而化解矛盾。哥特小说的这些风格在《简·爱》中几乎都出现了：桑菲尔德庄园里诡异的笑声、半夜的火光之灾、可怕的家族秘密、罗切斯特的孤独与霸道、被囚禁的疯女人、简·爱与罗切斯特的心灵感应，等等。在哥特小说的这些典型要素里面，改动最大的就是女主人公的形象。简·爱不是传统哥特小说中的弱女子，而是有着强大的反抗力量，而且一分为二，一个展现反抗的破坏性，另一个展现反抗的建构性。

这种一分为二、一明一暗的方法将哥特风格的阴郁之色变为温暖的色调，暗线以隐秘、委婉、安全的方式言不可言之事，发泄被压抑过久的欲望与情绪，而明线则用来凸显简·爱心中的光明，并照亮她周围的人。

那么，简·爱的光源来自哪里呢？

人生的光源指引我们前行的方向，也是我们的动力来源。在回答“简·爱的光源来自哪里”这个问题之前，我想先问问同学，你的光源、你的动力主要来自哪里呢？

____

____

____

____

有同学说，自己人生的光源/动力来自父母；还有同学说，不同的人生阶段有不同的光源，父母、爱人、子女都可能是自己的光源。这样的观点极具中国特色。我们来看看简·爱的光源和我们有何不同。当罗切斯特恳求简·爱抛开世俗约束当他的情人而留在他身边，并说因她没有亲戚而不用担心自己的行为伤害任何人的荣誉时，简·爱对自己说了这样一段话：

> 我自己在乎我自己。越孤单，越无亲无友，越无人依靠，我越是要尊重自己。我要遵从上帝颁发、世人认可的法律。我要坚守我在清醒时，而不是像现在这样疯狂时所接受的原则。法律和原则并不是为了用在没有诱惑的时候，它们正是要用在像现在这样肉体和灵魂都起来反对它们的严肃不苟的时刻。既然它们是毫不通融的，那它们就不容违反。如果我为了自己的方便就可以打破它们，那它们还会有什么价值？它们是有价值的——我一贯这样相信。(410)

这段话非常清楚地表明，简·爱的光源来自她自身。来自自身的光源、动力往往要由通过长期的独立思考而形成的主见来支撑，一旦形成则相对稳定，不会轻易随外界环境、人物的变化而变化。简·爱的最强大之处正在于她将自己化为光源，心中光明，并照亮他人。

也许有人会质疑，如果没有天上掉馅饼，简·爱没有获得那么多遗产，她的光亮能照到谁？你对此有何回应呢？

____

____

____

____

为了回答这一问题，我们需要看看她获得遗产之前的影响力。首先，她的光亮给她的学生阿黛尔带来了温暖。其次，她的光亮扫除了长期笼罩在罗切斯特内心的黑暗。再次，她的光亮使她宽恕了舅妈对自己的一切不公正对待，并且耐心陪伴和照顾了因舅妈去世而束手无策的两位表姐。此外，她的光亮也使里弗斯家的三位表兄妹对她满怀喜爱和敬意，以至于后来她将遗产均分给他们也显得自然而然。

课后作业与现实反思

简·爱所处的时代是一个女性难以经济独立，必须依靠男性的时代。所以，那个时代的女人选择做权贵或富人的情人似乎更有理由和苦衷。但是，哪怕在那样的时代，简·爱也十分坚决地拒绝了这条道路。我想，作者让简·爱获得意外的遗产而经济彻底独立，也正说明在作者眼里，简·爱的经济独立是她在罗切斯特那里维持长期平等的基础，如果简·爱没有经济独立，那么简·爱也就不会重返桑菲尔德了。

今天的女性谋生的机会已经大大增加，大部分女性完全有能力养活自己。但是，这个社会的快速发展使大家的心情更加浮躁，于是有些女性不愿意自己一步步实现经济独立，而希望傍个有钱人，走捷径一步到位。

2010 年，一位女嘉宾在一档电视相亲节目上说了一句话："宁愿坐在宝马车里哭，也不愿坐在自行车后面笑。"有些女性将这句话用作自己的网络个性签名。我想，这句话反映了当下中国社会的一种心态。我们不必对此做简单的道德评判，而是尝试来进一步分析一下这种做法。你觉得持这种心态的女性的人生光源来自哪里呢？她们将人生的幸福保障寄托在能提供物质财富的人身上。有钱人似乎成了她们的光源。那么，这些人凭什么要求有钱人为她们发光呢？从目前的情形来看，大部分人凭借的主要是青春和美貌。

可是，这样做的风险和陷阱在哪里呢？聪明的你请自己对照简·爱的选择来分析吧。

____

____

____

____

我们再来看另一个案例。

1945 年，延安鲁迅艺术学院集体创作《白毛女》歌剧，由贺敬之、丁毅执笔，马可等人作曲。该剧讲述恶霸地主黄世仁逼死佃户杨白劳，霸占其女喜儿，后又企图将她卖掉。喜儿逃居深山多年，头发全白。八路军解放该地后，打倒地主，喜儿获得翻身。东北电影制片厂 1950 年将它改编成黑白故事片，使得该故事进一步广泛传播。

2009年，《文艺报》编辑、文艺评论家熊元义在华中师范大学的讲座中提出“白毛女是否应嫁给黄世仁”的问题。听众中的一位女生认为：如果黄世仁生活在现代，家庭环境优越，可能是个外表潇洒又很风雅的人。加上有钱，为什么不能嫁给他呢？即便是年纪大一点也不要紧。还有女生指出：如果我嫁给有钱人“黄世仁”，可以拿他的钱捐给慈善事业，帮助有需要的人。应该说，这两位女生非常真诚而单纯。她们的观点比“宁愿坐在宝马车里哭，也不愿坐在自行车后面笑”的观点更天真、更乐观，觉得她们完全有能力坐在别人的宝马车里笑，甚至还可以借用别人的钱来帮更多的人。而我们现在流行的电视剧里面也有诸多类似的剧情，只不过没有上面的女生所说的那么直接罢了。譬如，2013年首播的电视剧《边关烽火情》中的孤女杨芬与地方权贵高德昌之间的情感纠葛，就有些类似于当代版的喜儿与黄世仁，这里的“喜儿”不仅最后喜欢上了“黄世仁”，还将其改造成一个有情有义的英雄，完全满足了前面的女生所说的用他的钱帮助更多人的想法。

《白毛女》剧照（1946年）

你还能举出更多类似的案例吗？

____

____

____

____

问题的关键在于，简·爱、杨芬那些既打动权贵和有钱人，也打动普通读者和观众的品质，即自强自立、自尊自爱、将光源放在自己身上的优秀品格，却是今天那些想走捷径的人很少具备的，也因此注定，即便你坐上了别人的宝马车，你依然难以享受到尊严与平等，那么你用青春换来的一切反而可能成为你心灵的囚笼。所以，在今天这个养活自己并不难的社会，我们要想获得持久的平等与尊重，更有必要依靠自己来保持经济独立。

最后，让我们反思自我。如果你有过爱情经历，请你分析自己从中得到了哪些收获。如果还没有爱情经历，请你思考自己对将来的恋爱对象有哪些憧憬和期待，你如何促进这些期待的实现。我们期待你的分享！

第四章 《堪萨斯》

记忆、自我与向善

预习题：

1. 当你向别人介绍自己时，你通常会说明自己的哪些信息？

2. 在你的人生经历中，哪些事件对你的自我认知产生过重大影响？它们如何影响了你的自我形象？

理解能力及自我剖析测试

本章要通过分析一个关于危急时刻的选择及其后果的短篇小说，来探讨记忆与自我的关系。在介绍这个小说之前，先测试一下你对社会和人性的黑暗面的理解能力，以及自我剖析的勇气。

大学教育的重要目标之一是培养学生成为更具理解能力的人。理解能力不仅包括懂得分辨和欣赏真、善、美，而且包括对社会以及人性的黑暗面的深刻认识。有必要强调的是，对黑暗面的理解不代表同情或者赞同，而是直面它们的存在，并认识其发生的根源。只有深刻理解了这些黑暗或丑恶的根源，才有可能更好地避免悲剧的重演。

你对自己的理解能力有信心吗？下面用于做测试的是一个真实的案例。在回答案例后面的测试问题时，请真诚面对自己的内心，不用担心自己的回答比别人差。请相信，人人心中都有黑暗面，勇敢地面对自己的内心，尤其是内心的黑暗面，我们反而可以活得更真诚、更阳光。

请阅读案例并回答随后的两个问题。

2014年2月17日上午10点29分，35岁的IBM深圳管理人员梁娅晕倒在深圳地铁水湾站C出口台阶上。10点30分，她抬头挣扎，想要呼救。一中年女子从旁边走过。10点31分，一女子带着一小孩，看了一眼梁娅后继续走，快到出口时回头但又走了。四个年轻男子放慢脚步，不约而同地靠着另一边走，边走边看着梁娅，一会儿就走远了。10点32分，一名外籍男子和一个女孩来到梁娅身边，该男子返回地铁站通知了地铁工作人员。10点35分，地铁工作人员赶到，观察了一下梁娅的情况，然后拨打了深圳市急救中心电话。11点18分，急救人员到达现场，发现梁娅已经死亡。

请思考以下问题并快速作答：

1. 假设你当时正好经过梁娅身边，你觉得你当时最可能做出何种反应？请快速写下答案。

____

____

____

____

2. 你能理解梁娅事件中的路人的行为吗？如果能，请站在这些路人的立场，解释他们无作为的可能原因。请快速写下答案。

____

____

____

____

做完上面这个针对现实事件的测试，我们来做一个关于搭顺风车的虚拟事件的测试。

假设你在美国乡村公路上搭一个陌生人的顺风车去学校，上车后发现司机身边放着一把枪。然后司机问你是否见过一辆坐着一男一女的蓝色小车开过，你告诉他半个小时前见过一辆这样的车。接下来，司机说那两个人是他的妻子和妻子的情夫，他正在追杀他们。

那么，你接下来很可能会如何做呢？

____

____

上面做测试用的关于搭顺风车的虚拟事件正是来自本章要探讨的短篇小说《堪萨斯》。该小说发表于 1998 年，收录于美籍华裔作家谭恩美（Amy Tan）主编的《1999 年美国最佳短篇小说集》中。小说作者是美国当代作家斯蒂芬·多宾斯（Stephen Dobyns），他出版了十余本诗歌和小说集，获得了很多文学奖项，曾在艾奥瓦大学、波士顿大学等多所高校任教。堪萨斯是美国的一个州名，位于美国正中部。小说故事背景置于 20 世纪 30 年代初一个炎热的夏日。当时正是美国大萧条时期。这场大萧条起始于 1929 年 10 月 29 日，当天的纽约股市崩盘，引发现代历史上最严重的经济危机。美国劳动力市场超过 1 500 万人失业，这个数目占美国当时总劳动人口的 1/4 以上。而且，祸不单行，城市经济的崩溃伴随着农业的自然灾害。堪萨斯、俄克拉何马、科罗拉多、新墨西哥、得克萨斯等州土地肥沃，吸引了大批人口从东部、北部迁移至此，他们将那里的草原绿地纷纷开垦成农场。生态破坏造成 1931 年夏天开始的大旱。这场大旱持续长达 8 年之久，原本肥沃的草原变成了一片沙尘暴肆虐的荒凉之地，美国人将其称为干旱尘暴区（dust bowl）。

下面，请阅读短篇小说《堪萨斯》，思考作品主人公的选择及其原因与后果。

堪萨斯①

这个在堪萨斯州乡间公路上搭车旅行的男孩十九岁。他本来搭了一个农夫开的福特 T 型车，但农夫要转弯往北去，他便只好在此下了车，等着搭下一辆。这一等就是三个小时。时值七月，晴空如洗。平展的麦田一望无垠。男孩带的两颗李子已经吃掉了。这时，一辆蓝色普利茅斯双门轿车从他面前飞驶而过，车里坐着一男一女，正放声欢笑。那女人一头飘散的金发，不时从车窗逸出来。二人甚至看都没看男孩一眼便开了过去。车窗外飘舞的那几缕黄发仿佛在向他招手。半小时后，一个农夫驾着一辆福特皮卡车在他面前停了下来，车上满是尘土。男孩爬上副驾驶座，然后农夫发动起车子，看都没看他一眼。驾驶座上农夫屁股边摆着一把四五口径的

① 多宾斯．堪萨斯．谢艳明，译．世界文学，2002（5）．

左轮手枪。一看见这东西，男孩便觉得心跳猛然快了起来。枪很旧，枪管生了锈点，枪把上缠着电工用的黑色胶带。

“看没看见一男一女开辆普利茅斯车从这儿过去？”农夫问。语速很快。

“看见了。”男孩说。

“过去多久了？”

“差不多三十分钟。”

农夫有一双淡蓝色的眼睛，下巴上胡子拉碴，皮肤晒得犹如皮革，四十岁左右的样子。不过，在男孩看来他显得十分苍老。农夫踩下油门，皮卡车便咆哮起来。这是条高低不平的土路，男孩得把手撑在仪表板上，才免得被颠来颠去。天很热，车窗全开着，不时有沙子飞到男孩眼里，甚至嘴里。一路上他小心翼翼地斜眼瞅着那把左轮手枪。

“他们，是你朋友？”男孩问。

农夫两眼盯着前方。“女的是我老婆，”他说，“我要在头上给她一枪。”农夫说着伸手摸了摸枪，确认它是不是还在。“男的也一样。”他补了一句。

男孩没说什么。他这是在搭车从俄克拉何马州回暑期学校。家中三个男孩他排行老二，是唯一一个离家外出的，已在俄克拉何马大学上了一年学，现正在劳伦斯市过暑假，然后还要去其他地方——男孩会弹钢琴，他想到那些更远的地方，去发挥自己的钢琴才能。

“他们干了什么？”男孩最后忍不住问。

“猜猜看。”农夫说。

皮卡车以大约五十英里的时速飞驰着。男孩有些害怕见到那辆普利茅斯车卷起的尘烟，但面前除了笔直的公路外什么也没有。可一会儿他又开始担心起来，怕前面的车子在什么地方停下来。他用舌头舔了舔上唇，舌头干干的，嘴唇也干干的。刚才上车的时候，男孩就对自己的人生方向有了明确的打算。这个夏末他要去纽约，在卡内基大厅表演钢琴独奏。但是农夫和他的左轮手枪就矗立在他和那个未来之间，成了一堵让他惧于攀越的高墙。

“你非得杀他们吗？”男孩问。他本来不想说话，但觉得自己无法再保持沉默。

农夫脖子边上长了个红红的疖子，他不停地用手指摸着。“如果是你碰上这种恶事，你会怎么做？”农夫反问道。

男孩想说他不知道，或者说会去报警，但农夫可没耐心听这些。男孩还想说他会原谅他们，可又怕这答案仍然不会让农夫满意。他不想让自己的回答激怒对方，只好耸耸肩。

“你肯定会下狠手解决掉，”农夫说，“没错，下狠手。”

男孩双眼紧盯前方，搜寻着那辆普利茅斯车卷起的尘烟，心中祈祷自己永远看不到。烈日炙晒下，车前的空气仿佛在升腾、扭曲。而他心中的恐惧越来越盛，甚至觉得自己已经看到了，离那股细微的烟尘越来越近。皮卡车顺路中央笔直朝前开进。除了他们，路上一辆车也没有。即使有，男孩也敢肯定身旁这个农夫不会让路。路两旁的麦子覆盖着一层尘土，微红的颜色像是已经晒干的血。

“报警怎么样?”男孩问。

“那可是我老婆，”农夫重重地强调了一下“我”，“自己的问题自己解决。”

男孩最终没有看到那团尘烟。车一到劳伦斯，他就立刻跳了下来。衬衫被汗浸透了，紧贴在后背上。他在自己的工装裤上擦了擦手心的汗，向农夫道谢，可对方只是盯着前方，没有理他。

“不要报警。”农夫说着，一边用手轻轻拍了拍座位上的左轮手枪。

“不会，”男孩连忙回道，“我保证。”然后“砰”的一声关上了皮卡车满是尘土的车门。

男孩没有报警。一连几天，也没有告诉别人。他每天要看好几次报纸，搜寻着报上杀人的消息，但什么也没找到。他实在是被吓坏了，不仅因为那农夫的左轮手枪，更让他感到害怕的是对方说话时那种如磐石一般不可动摇的决绝神态，相比之下，自己软得就像块白面包。最终，男孩也不知道事情结局怎样。或许，根本就没有结局。

夏天终告结束。男孩去了纽约。他没能在卡内基大厅弹成钢琴，因为他的水平始终也没达到那么高。战争来了，又去了。男孩长大成了男人，结婚，生子，后来全家搬到了密歇根州。起初他做了名教师，后来又转行当牧师。父母也过世了。他把那个开皮卡车的农夫的故事讲给两个儿子听。“最后怎么样?”他们问。没人知道。农夫或许赶上了他们，或许没有。儿子们渐渐长大，离家去上大学，开始了自己的生活。而他和妻子也搬往新罕布什尔州。他们变老了。从堪萨斯的那个夏天到现在，六十年弹指而过。晚年的他卧病在床，起不了身，只有待在家中。为了减轻病痛，妻子不时给他注射吗啡。慢慢地，即便在醒着的时候，他也开始做梦。到家中探病的护士却经常打断他的梦。“今天感觉好些了吗?”护士会问。他想表现得礼貌些，可又幻想不出好转的样子。吗啡从一天一针变成一天两针，又变成三针。医生交代道："只要需要就给他注射。"妻子便问是否会有药物依赖的危险，但问过之后便沉默了。

他几乎已不知道自己是在睡梦中还是醒着的，也不知道过去了一天还是许多天。氧气还在吸，进食却是已经停了。在双眼与卧室墙壁之间的空间里老是挤满他意识中虚构的人物，都是些旧相识。他想挥挥手让他们离开，却发现放在床单上的手动也动不了。现在，甚至连音乐也会让他走神。他总是在倾听着来自远方的一些莫可名状的声音。

男孩站在一条土路边等车。一辆福特皮卡车在他身旁停下来，他爬了上去。驾车的农夫手里举着把四五口径的左轮手枪。"我要去杀了我老婆!"

"不，"男孩说，"不要这么做!"

农夫把车开得飞快。他脖子边上长了个红红的疖子，两根手指在上面摸个不停。没多久，他们就发现那辆普利茅斯车拐进了一座小山谷。谷里树荫蔽日，溪水穿林而过。农夫踩下刹车，皮卡车斜穿过土路，停了下来。那对私奔的男女衣衫不整，在座位上搂成一团。看见农夫的皮卡车，二人连忙跳下来。那女人长得颇有几分姿色。农夫拿着枪就冲下了车。"不要!"男孩喊道。可农夫对准那个男人的脑袋就开了枪，把对方打得脑浆四溅。死尸倒在地上，爆裂的脑袋就像个摔碎的西瓜。女人吓得用手捂住脸，一边还试图遮住自己半裸的胸部。农夫对着她也开了枪，鲜血洒落尘埃。"这最后一枪留给我自己。"说着，农夫将枪管伸进自己口中。"不，不要!"男孩连忙大喊。

男孩站在一条土路边等车。一辆福特皮卡车在他身旁停下来，他爬了上去。"我要去杀了我老婆!"驾车的农夫气冲冲地说。在他身旁放着把大号的左轮手枪。

"你不能这么做!"男孩说。

二人一路争论到了劳伦斯。"我对她一直那么好，她却……"农夫痛哭流涕。他脖子边长了个红红的疖子，他一直用手摸个不停。

"把枪交给警察吧!"男孩劝道。

"我不敢。"农夫说。

"怕什么，"男孩安慰道，"警察不会对你怎样的。"

二人把车开到了警察局。男孩将事情经过告诉了值班的警官。警官摇摇头，从农夫手中拿过手枪。"我们会把你妻子带回来的，先生，"他说，

“在这地方，偷拐他人妻子可不允许。”

“还好，不然就真有麻烦了。”农夫庆幸道。

男孩站在一条土路边等车。一辆福特皮卡车在他身旁停下来，他爬了上去。“我要去杀了我老婆！”驾车的农夫气冲冲地说。

男孩吓坏了，一句话也不敢说，只是怯怯地觑视着那把四五口径的左轮手枪。他觉得自己肯定要命丧枪下了，不禁开始后悔怎么没留在俄克拉何马，那里起码还有朋友和家人，真不明白自己为什么要跑出来。农夫驾着车子径直开往劳伦斯。一路上男孩坐在驾驶室里被颠来颠去，却没有出声。他怕自己的双手要遭殃了，怕再也没法弹钢琴了。现在对他来说，好像这世界上没有什么事情能比弹钢琴更重要了。农夫脖子边长了个红红的疖子，他用手一直在上面摸个不停。

车一到劳伦斯，男孩便跳下来，撒腿就跑。半路上他碰见一位警察，便把事情告诉了对方。一个小时后，他正在一家名叫白塔的饭店啃着汉堡包，忽然听见外面有枪响。他跑出饭店大门，一眼便看见农夫那辆满是尘土的皮卡车，旁边围着几辆警车，警灯闪个不停。男孩从围观的人群间挤进去，看到农夫上半身挂在车门外，工作衫前襟上洒满鲜血。左轮手枪躺在人行道上。警察们互相拍着肩膀以示庆贺，个个喜笑颜开。男孩不由得把手捏得喀喀作响。

男孩站在一条土路边等车。一辆福特皮卡车在他身旁停下来，他爬了上去。驾车的农夫手持一把四五口径的左轮手枪指着他的头。“别乱动！”他说。车子往劳伦斯开去。“我老婆竟然做出这种下作事来，我要毙了她！”农夫说。

“不，”男孩道，“你必须原谅她。”

“我要杀了她，”农夫没理他，“还有那个该死的小白脸。”

男孩继续说：“你可没权私自给人治罪。”

农夫挥了挥那把四五口径的左轮手枪。“反正他们是死定了。”他脖子边长了个红红的疖子。

男孩正在上大学。现在是大萧条时期，他想到纽约去做一名古典钢琴家。茱丽叶音乐学院已经向他发了录取通知。“正义不会站在你这边的！”男孩说。

“品行不端就得受惩罚！”农夫坚持道。

二人一路争论到了劳伦斯。男孩还是留在车里。本来他可以跳下去，不再管这事，但他没有。他一直试图劝服农夫，让对方知道自己是错的。农夫开着车到了火车站。

农夫的妻子正在候车室等车，身旁坐着那个开普利茅斯车的男子。这是个十分漂亮的女人，金发披肩，皮肤白里透红。当农夫跨进候车室，她吓得尖叫一声，身旁的男子伸出手臂把她护在身后。

男孩连忙跑到农夫和他妻子之间站定。“醒醒吧。看看你这是在做什么，”他说，“难道你不想活了?”可这时枪响了，第一枪打中了他的肩膀。他的身体旋转起来，正看见农夫妻子惊得目瞪口呆的脸庞。第二枪又响了，正中他的后背。

弥留之际全家人都在新罕布什尔陪着他：妻子，还有两个儿子——他们也都不再年轻。正是十月，刚入夜，可天色还亮得很。虽已不见太阳，窗外的槭树似乎依然映着光辉。大儿子守在旁边监看着父亲的呼吸情况。病床上的他身子扭曲着，极力地想伸直双腿。他两腮深陷，全身罩在被单下，显得瘦骨嶙峋。他已不能再说话，也不想让别人碰自己。这时，他似乎在集中精力，吸了一口气。家人等待着。可气又缓缓地呼了出来。家人继续在等，但呼吸已经停了。他们又等了几分钟。然后妻子轻手轻脚地把供氧管从他鼻子上拔了下来，像在做什么错事一样。

大儿子走出房门，一会儿带进来两个殡仪馆的人。他们把带来的折叠式担架放到床前，又打开一条深蓝色的收尸袋，然后一人抬头一人抬脚把老人搬到担架上，再往袋子里塞。小儿子远远站到了门口。殡仪馆的两个人喘着粗气，头发弄得一团糟，低声相互指挥着，终于把他装进了收尸袋。当袋子拉链拉起，大儿子一眼未眨，就那么看着银色的巨大拉链缓缓拉过父亲的下颌，拉过前额。此后一连好多天，那个闪光的拉链拉起的画面在他脑中不断重现。

农夫是个怎样的人?

看完文本之后，让我们层层深入地展开分析与讨论。首先，你认为农夫是一个怎样的人呢？为什么？

让我们到原文中寻找答案线索。小说的第一段描述了两辆过路车对想要搭顺风车的男孩的不同态度：

> 一辆蓝色普利茅斯双门轿车从他面前飞驶而过，车里坐着一男一女，正放声欢笑。那女人一头飘散的金发，不时从车窗逸出来。二人甚至看都没看男孩一眼便开了过去。车窗外飘舞的那几缕黄发仿佛在向他招手。半小时后，一个农夫驾着一辆福特皮卡车在他面前停了下来，车上满是尘土。男孩爬上副驾驶座，然后农夫发动起车子，看都没看他一眼。

第一辆车里坐着农夫的妻子和她的情人，第二辆车里坐着农夫。根据上面的描述，你觉得农夫的妻子和农夫相比，谁的反应更显得异常呢？你是否觉得农夫的妻子很自私、不管别人呢？其实，对于正沉浸在和情人快乐约会中的人来说，他们没注意到其他人的存在，或者不愿意让一个陌生人进入原本属于他们两个人的空间实属正常。那么，农夫当时停车搭人的反应是否正常呢？在当时的情境里，农夫停车载人的举动反而有些异常。对于一个满腔怒火、急着去追杀别人的复仇者来说，他哪有心思去管路人的需求呢？而农夫居然注意到了这个站在路边的男孩，并且停下车来搭上他。那么，在你看来，农夫为何停下车搭载男孩？

也许有人会说，农夫和男孩说的第一句话是："看没看见一男一女开辆普利茅斯车从这儿过去？"这似乎说明农夫搭载男孩是为了向他打探追杀目标的踪迹。但是，农夫也完全可以停车只向男孩打听消息而不搭载他，毕竟搭上他反而可能妨碍自己的追杀任务的完成。由此推断，第一种可能的原因是农夫本性善良，平时乐于助人。所以，在那样的状态下，他依然习惯性地停下车来帮助陌生人。第二种可能的原因是农夫内心并不想真正去杀人，而男孩的出现正好可以延缓他的行动。

再来看农夫的外表。"农夫有一双淡蓝色的眼睛，下巴上胡子拉碴，皮肤晒得犹如皮革，四十岁左右的样子。不过，在男孩看来他显得十分苍老。"这说明农夫平日里非常辛苦。在天灾人祸的大背景下，这种内外交困的生存状态反映在他的外表上，使他不修边幅，而且倍显苍老。关于农夫的外表还有一个细节值得特别注意。

> 农夫脖子边上长了个红红的疖子，他不停地用手指摸着。"如果是

你碰上这种恶事，你会怎么做？”农夫反问道。

…………

“你肯定会下狠手解决掉，”农夫说，“没错，下狠手。”

如何理解脖子上这个红红的疖子呢？它可以看作是某种心结的隐喻。农夫对待脖子上的疖子态度显得简单粗暴，似乎预示着他解决因妻子背叛而起的心结也将采取武断决绝的处理方式。农夫为何不停地摸疖子呢？在日常生活中，当我们感到紧张的时候，会情不自禁地摸头发、鼻子等身体部件。那么，农夫的动作似乎也暗示了他的紧张不安。此外，他语言的重复似乎暗示他的犹豫不决。如果他真是一个凶狠决绝的人，那么他似乎不必通过语言的重复来说服自己采取行动。

由此看来，农夫并没有我们想象得那么粗暴凶狠，而是一个心地善良的人。对农夫的认识，能帮助我们更好地理解男孩后来的心理。

男孩的反应及后续影响

知道了农夫是带着枪去追杀他的妻子和其情人之后，男孩是如何反应的呢？他的反应给他造成了怎样的后续影响呢？

____

____

____

____

先来看看男孩说的所有的话：

“他们，是你朋友？”

“他们干了什么？”

“你非得杀他们吗？”

“报警怎么样？”

“不会，”“我保证。”

从上面这些话可以看出，面对带着手枪而且态度显得坚决的农夫，男孩想劝说他但又不敢多说。叙述者这样描述男孩当时的心境：

他实在是被吓坏了，不仅因为那农夫的左轮手枪，更让他感到害怕的是对方说话时那种如磐石一般不可动摇的决绝神态，相比之下，自己软得就像块白面包。

那么，如果换成是我们自己，是不是也很可能和男孩一样呢？男孩在下了车之后，没有报警，很长时间内也没有跟任何人分享这个秘密。换成你，很可能会怎么做呢？请你对照一下自己之前提供的回答，看自己和男孩有何异同。

男孩的这种反应给他带来了深远的影响。在这件事发生之前，男孩的梦想是做一名钢琴师。但他的演奏技巧不够好。后来，他当了教师，然后当了牧师。请思考一下，教师和牧师这两种职业有何共性？又有何不同？

教师强调对学生的正面引导、培养和塑造，因此常被比喻为人类灵魂的工程师，而牧师则强调忏悔与灵魂的救赎。那么，从教师职业转向牧师职业，似乎暗示着主人公的内心需要花更多的时间思考和应对人性之黑暗面。主人公的这一人生轨迹发展和搭车事件有何联系呢？我们看一下小说前半部分中的下面这段话。

> 刚才上车的时候，男孩就对自己的人生方向有了明确的打算。这个夏末他要去纽约，在卡内基大厅表演钢琴独奏。但是农夫和他的左轮手枪就矗立在他和那个未来之间，成了一堵让他惧于攀越的高墙。

这段话暗示搭车事件影响了他的人生方向。而且，这种影响极其深远，伴随着他后面的整个人生。前半部分的最后两段对此有更多的暗示。

> 从堪萨斯的那个夏天到现在，六十年弹指而过。……
>
> 他几乎已不知道自己是在睡梦中还是醒着的……。在双眼与卧室墙壁之间的空间里老是挤满他意识中虚构的人物，都是些旧相识。他想挥挥手让他们离开，却发现放在床单上的手动也动不了。现在，甚至连音乐也会让他走神。他总是在倾听着来自远方的一些莫可名状的声音。

在上面这段之后，小说进入后半部分，主要描述了四个场景，它们都是对前半部分讲述的男孩搭车事件的改写，以意识流的手法模拟老人临终前的内心想象。为了方便分析，我们将这四个场景依次命名为A、B、C、D。我们在小说和电影中都见过对临终之人的心理呈现。人在死亡之前脑海里会出现些什么呢？往往是生前念念不忘的那些人和事。小说主人公临死前还在想象搭车事件的种种可能结局，说明他终其一生都忘不了搭车事件。在整整六十年中，他很可能已经无数次在脑海中、在梦境中演绎过那几种可能场景！

这时，考验你的理解力的关键问题来了：主人公为什么念念不忘搭车事件并深受其影响呢？

____

____

____

____

为何念念不忘？自我与记忆

主人公为什么念念不忘搭车事件并深受其影响呢？也许有人会说，这个男孩太敏感，他当时的反应很正常，后来的思想包袱是他自找的。我想从记忆与自我的关系来分析这个问题。记忆研究者告诉我们，我们记住什么，就会成为什么样的人。譬如，如果你总是记住那些失败的、难过的事件，你就会成为一个悲观的人，而如果你记住的大多是快乐的、开心的瞬间，你就会是个阳光的、乐观的人。我们通过对往事的有选择的记忆来确立自我，而这些用于确认自我的往事一般都是本身很重要或者自己很看重的事情。美国当代著名学者汉娜·阿伦特指出，人的本质，也就是“我是谁”这一问题的答案，“只有在生命终结、只留下一个故事的时候，才得以形成”[①]。这个人生故事无法包括所有的往事，而往往只能选择那些意义重大或主人公特别在乎的事件组成。

这个故事中的主人公在临终之际，渴望通过一个他无法忘却的事件来回答“我是一个什么样的人”。主人公所遭遇的搭车事件本身是个重要的事情，是个事关多条人命的危机事件，因此容易给卷入其中的人带来深刻的长期记忆。更为独特的是，该事件的结局是个谜，由此制造的悬念进一步

① Arendt. The Human Condition. 2nd edition. Chicago and London: The University of Chicago Press, 1998: 193.

让人欲罢不能。我们知道，男孩下车后没有报警，接下来的几天也没有在报纸上读到任何与杀人相关的消息。小说写道："最终，男孩也不知道事情结局怎样。或许，根本就没有结局。"所以，搭车事件成了男孩心中一件永远悬而未决的事情。这件事本身的重要性，加上男孩内在的道德意识的干预，使其在男孩的记忆中占据突出的位置，并与男孩的自我定位联系起来。可是，该事件悬而未决的状态使男孩无法定位自己在这件事中的角色功能，男孩的自我也因此变得无法确定。他所想象的 A、B、C、D 四种结局，他的表现和导致的结果各不相同，分别对应的是不同的自我形象。请思考四种情形对应的自我形象分别是什么。

场景	男孩的表现和导致的结果	自我形象
A 场景	______	______
B 场景	______	______
C 场景	______	______
D 场景	______	______

在 A 场景中，男孩目睹农夫杀死妻子及妻子情人再自杀，而没能够鼓起勇气进行更多的干预。在这样的结局中，他可能觉得自己是个失败的旁观者。

在 B 场景中，男孩成功说服农夫放下武器，交给警察来处理，从而化解了危机。这样的结果对应的自我也许可以用"理想的劝说者"来形容。

在 C 场景中，男孩没有遵守对农夫的承诺，下车后报警。他报警的目的是什么？应该是出于好意阻止农夫犯错，但客观结果是，农夫被警察枪杀。在情感纠葛中，农夫本来是最无辜的一个，而且他还好心地帮助了男孩。所以，这样的结果很可能使男孩将自己定性为"可耻的背叛者"。

在 D 场景中，男孩努力劝说但失败，在农夫准备开枪的关键时刻，男孩挡在农夫妻子前面而连中两枪。这个结局有两种截然不同的阐释。一种是将男孩对应的自我形象理解为"可敬的英雄"，另一种是把他描述成一个"可怜的牺牲品"。

那么，在你的眼里，他在最后的场景中到底是"可敬的英雄"还是"可怜的牺牲品"呢？为什么？

______

______

______

______

四个场景的特点及排序理由

A、B、C、D四个场景是不是作者任意排列的呢？这个问题的实质是关于小说情节的安排。我们知道，作家们经常打破系列事件发生的自然顺序，重新安排它们在文本中的出场顺序，以达到某种艺术效果。A、B、C、D四个场景在逻辑上看似是平行关系，但它们的排列顺序事实上暗含深意。为了理解它们排序的理由，我们有必要先分析这四个场景的主要特征。

在A场景中，男孩目睹农夫杀死妻子及妻子情人再自杀，而没能够鼓起勇气进行更多的干预。男孩的表现非常类似于小说第一部分所描述的实际情形，结果是三条人命的逝去。这是四个场景中客观损失最惨重的，而男孩的表现又是和实际情形最接近的，所以A场景在主人公心中似乎是最可怕而又最可能发生的，因此它第一个跳入主人公的意识之中。

当A场景跳入主人公的意识之后，主人公内心非常惶恐，极力想要压制这种想法。而压制的办法就是立刻用一个非常美好的、理想的场景来代替，因此有了B场景。在B场景中，男孩只用一张嘴就说服了农夫，化解了危机，大家都幸免于难。

不过，对于一个19岁的男孩来说，B场景实在过于理想化，实现的可能性很小。所以，当B结局出现在主人公的意识之中时，主人公自己都觉得过于美化自己，于是又压制了这种想法，用一种自己当时如果在冷静的状态下很可能采取的措施来代替，也就是报警，借正规力量来阻止悲剧的发生，C场景顺势出现。可是，报警对男孩来说是个两难困境，他打破了自己对农夫的承诺，更关键的是，警察为了有效干预可能先发制人，因为农夫身边带着手枪。

当想到农夫被警察打死的场面时，主人公不敢接着想下去了。这也许是让他最感内疚、灵魂最不安的一种结局，因为农夫的死是因他告密引起的，而农夫本来已经命运悲惨，而且农夫还有恩于自己。于是，主人公的意识又赶快想象另一种可能的场景来压制它。

经历了前三个场景，主人公很可能已经心力交瘁，只剩最后几口气了。于是，他想象了一个让自己死亡的结局。在D场景中，男孩做了最大化的努力，不仅一路劝说农夫，而且最后挺身而出。小说写道：

> 男孩连忙跑到农夫和他妻子之间站定。“醒醒吧。看看你这是在做什么，”他说，“难道你不想活了？”可这时枪响了，第一枪打中了他的肩膀。他的身体旋转起来，正看见农夫妻子惊得目瞪口呆的脸庞。第

二枪又响了，正中他的后背（原文为腰细之处）。

因为后腰是要害部位，主人公在意识中被击中后腰的时候，也应该正对应着他在现实中呼出最后一口气，也就是死亡的那一瞬间。

现在，让我们回到D场景中的自我形象是可怜的牺牲品还是可敬的英雄这个问题上来。根据上面的分析，A、B、C三个场景是按坏结局—好结局—坏结局的顺序排列的，以此类推，D场景应该是好结局，也就是说，主人公意在用一个让自己灵魂安宁的结局来压制、代替那个让他灵魂最不安的结局。所以，D场景对应的自我形象是可敬的英雄更为合理。

从作者的角度来看，这也反映出作者的悲悯情怀。背着道德重负前行的主人公是可敬的。因为这个重负不是他人加在他身上的，而是他的道德意识进行自省的结果。主人公一辈子活在无法确认自我的苦痛中，最后，作者让他在悲剧英雄的自我形象中死去，以虚构的方式，也即文学的方式，使他的灵魂得以安歇，实现了某种救赎。

不过，作者并不想轻易地解脱和打发读者。小说的最后结局似乎暗示，父亲虽然解脱了，儿子有可能又陷入类似的困境中。

主题与结构

一、人的社会性与慎独

这个故事戏剧性地演绎了一次危急时刻的反应如何影响一个人的一生。它反映了人的社会性的一面。首先，一个人不是只为自己而活，同时也为他人而活。其次，人的自我建立在与他人的关系上。男孩的自我形象的无法确定，正是因为他在搭车事件中的角色悬而未决。

你还记得在前面关于搭顺风车事件的测试中自己是如何回答的吗？我在初次阅读这个小说的时候，读完前半部分，我认为自己在车上的反应会和男孩一样，唯一不同的是，我下车后会记住车牌号并尽快报警。但是，当我读完后半部分，并仔细思考我前面分析的问题时，我之前感觉自己优于男孩的自豪感完全丧失，并且开始冒冷汗，觉得自己之前的回答过于轻率，觉得我也很可能如男孩一样，一辈子活在因自己的无作为而带来的道德重负中。所以，我努力地想象自己如果处于类似的情境中，可以采取什么样的措施来避免男孩的遗憾。

聪明的你想到了哪些解决办法呢？

____

____

《堪萨斯》中的主人公让我想起儒家思想中的“慎独”，意思是在独处时也能谨慎不苟。《礼记·大学》中说：“此谓诚于中，形于外，故君子必慎其独也。”意思是说，内心的真诚会直达于外表，所以君子在独处时也会真诚严肃地对待自己。《堪萨斯》中的主人公经历搭车事件时独立面对危机，没有任何人给他施加道德压力，但他却摆脱不了内在的道德意识的考量与审问。这既体现出人的社会性的一面，也展现出慎独的力量。他与农夫一家素不相识，而事件发生之后也无任何熟悉的人知晓他的无作为。但是，他自己承担起道义的审判，进行自我审问。这样的主人公是可敬的。他让我们意识到，对危难之人、危难之事的无作为，是对社会的背叛，也是对理想自我的背叛，由此造成的心理负担可能正是你生命中不能承受之重。

二、开放式结构的魅力

这个短篇小说针对同一事件提供了五种可能性。而五种可能性的排列独具匠心，巧妙传递出主人公内心的痛苦挣扎以及作者的悲悯情怀。第一种可能性被当作事件的真实情况，成为小说的最外层框架，而后四种场景嵌在第一个场景中，即第一个场景中的主人公的临终想象里。后四种场景看似平行，其实暗合了外层框架的主人公的身体状态（从挣扎到死亡），同时又勾勒出一种心理发展轨迹（坏与好、低谷与高潮交替）。

这样的结构演绎了亚里士多德所说的文学高于历史的观点。历史提供了一种现实，而文学则提供了现实的多种可能性，进一步拓展了我们的想象，丰富了我们的心灵体验。

经历分享：做错了怎么办？

在危急时刻，人不免慌乱，而慌乱之中的反应往往趋于本能，难以符合更高要求。关键问题是，如果我们做错了选择，接下来该怎么办？

我先在此分享自己在2008年的“5·12”汶川大地震中的亲身经历。当时是下午2点28分，我正站在四楼教室的讲台前准备上课，突然有种眩晕的感觉，我靠着讲台闭上眼睛，以为自己的眩晕症发作了。很快，我听到外面一阵骚乱，等我睁开眼睛，发现教室里已有很多同学起身往教室外面跑，教室在晃动。我本能地朝教室外面走，随着走廊上的人群往楼下跑。当时楼已经晃动得很厉害，天花板开始掉东西下来。我一手抓着扶梯，一手遮住脑袋。跑到楼梯口的时候，眼睁睁看着墙角正在开裂。我脑子一片空白，心中充满世界末日来临般的惊恐。跑到楼下的空地上，才开始听到有人在喊："地震了！地震了！大家不要再回教室！"等我回过神来，我突然想起自己离开教室的时候还有好些同学在教室里，而我在离开时没有对他们发出任何警告。接连几天，我产生了一种深深的内疚，觉得自己愧对学生，不是一个称职的老师。这种自我定位影响到我的继续教学。我必须采取行动。首先，我采取诉说、分享的办法，去找其他的同事聊天，问他们当时的反应。结果得知他们和我的表现基本一样，还有同事当场蒙在那儿，是学生扶着出来的。这使我有勇气正视自己的错误，并且宽恕自己。接下来，我广泛搜集如何应对地震的知识，希望更好地训练自己，为应对将来的类似问题做好准备。我将搜集的信息整理如下。

首先，大声警示学生，告诉他们地震了，以激活他们关于地震的安全知识。如果所处楼层低，组织学生尽快跑出去；如果楼层高，让学生尽量躲进旁边的厕所。因为厕所有水而且有很多管道，管道可以增加支撑，方便传输东西，而且有助于传递声音。我还把当时流行的三角安全地带理论和行动三原则分享给学生，希望能因时因地制宜地采取措施。所谓三角安全地带，就是找到一个比较坚固的物体，躲在它的三角地带（如下图所示）。

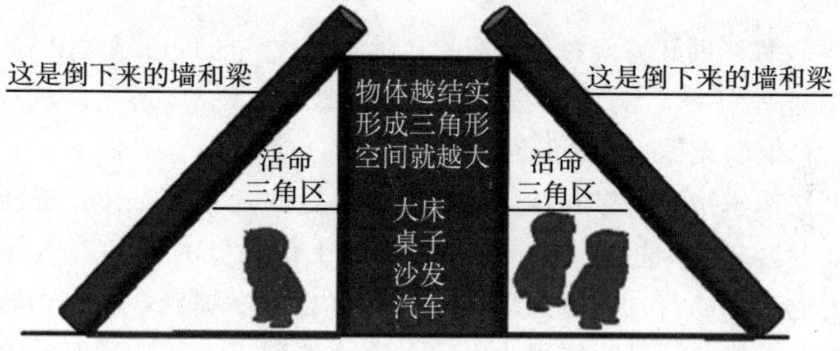

为什么这个三角地带相对安全呢？当头顶有天花板、墙体或横梁坍塌的时候，这个相对坚固的物体会起到缓冲作用，并且容易在三角地带形成空隙。行动三原则是指低身（drop）、遮挡（cover）、手抓牢（hold on）。在地震中，除了来自房顶的威胁，房间内的物体也容易移动并砸伤人。所以，降低自己的身体，躲在较坚固的东西下面，并且尽量用手抓住一个地方固定自己的位置。

当然，以上这些都是我在网上搜集到的信息，更专业的建议有待专家指导。但是，通过这些信息整理，我感觉自己将来应对类似事件的能力增强，因此变得更有信心。我这个地震经历之后采取的措施可以总结为以下几个步骤，即诉说、分享、正视错误、宽恕过去、面向未来。地震事件使我认识到，勇敢地面对自己的内心，尤其是内心的黑暗面，我们可以活得更真诚、更阳光。因为，你会发现，原来某些阴暗面是你和很多人都具有的，那么，大家一起努力想办法克服，世界必然更美好。

《堪萨斯》以及梁娅事件再思考

《堪萨斯》中的男孩在慌乱与恐惧中做出了不干涉农夫行动的选择。我们看看他下车之后的选择："男孩没有报警。一连几天，也没有告诉别人。他每天要看好几次报纸，搜寻着报上杀人的消息，但什么也没找到。"

在我看来，男孩在事情发生后长期把它当成秘密憋在心里，没有和人进行深入的交流，从而无法缓解该事件带给他的紧张与不安。而且，他还通过不断地回忆、想象使该事件在心中进一步发酵，造成日益沉重的精神负担。所以，如果你心中有困扰你的秘密，勇敢地和父母、老师、朋友等自己信赖的人说吧，强烈的负面情绪会在诉说、分享中得到宣泄、缓解。

接下来我们再回到梁娅事件。我前面曾针对梁娅事件让大家做了以下两道测试题。

1. 假设你当时正好经过梁娅身边，你觉得你当时最可能做出何种反应？

2. 你能理解梁娅事件中的路人的行为吗？如果能，请站在这些路人的立场，解释他们无作为的可能原因。

请回忆你当初的回答内容。在我给学生做的随堂测试中，选择完全无作为的同学占 2/5，选择报警或者报告地铁工作人员的也占 2/5，还有 1/5 的同学有更具体的行动。有意思的是，有多位同学提到，如果当时和朋友走在一起，去帮助的可能性很大。这一方面体现出道德的相互监督性和社会性，另一方面也跟中国目前独特的怕被讹诈的心理有关。毕竟，多人在场，可以相互作证。不过，《堪萨斯》给我们提出了一个重要的警示，那就是，不要以为你独自一人时候的选择没有关系，人的社会属性、自我的良知一样会在今后审判自己。

问卷调查的结果一方面让我感动于学生的诚实和对我的信任，另一方面让我很不安。我调查的对象是新时代的大学生，他们代表中国社会的未来。我问我的学生，试想一下，如果你或者你的家人倒在路上，被救的希望有多大。他们都难过地摇头。真是希望渺茫啊！我记得梁娅事件新闻刚传出来的时候，网络上针对那些路人骂声一片。事实上，那些骂人者有几个扪心自问过呢？他们如果为人父母，又会怎样引导自己的孩子面对这类事件呢？

救助倒地的陌生人，真的事不关己吗？每个人的一生，尤其是到了老年，是不是都有跌倒在外的可能？那么，救助每一个倒地的人，是不是等于在救助我们自己？

不管在校园里，还是校园外，让我们从自己做起吧！不要拿社会大环境来做逃避的借口。我们针对他人的行动选择决定着我们自己的明天。

最后，我想用马丁·尼莫拉（Martin Niemoller）牧师的故事来结尾。马丁·尼莫拉牧师是二战前的德国宗教领袖，支持过希特勒，后来反对纳粹对犹太人的种族灭绝政策和对德国教会的控制，并因此被关进集中营。他在战后为德国社会道德的重建立下不朽功勋。美国波士顿犹太人大屠杀纪念碑上刻的诗就来源于他的忏悔词（网络上有很多不同的翻译版本）。这首诗写道：

起初他们追杀共产主义者，
我没有说话，因为我不是共产主义者；
接着他们追杀犹太人，
我没有说话，因为我不是犹太人；
后来他们追杀工会成员，
我没有说话，因为我不是工会成员；
此后他们追杀天主教徒，
我没有说话，因为我是新教徒；
最后他们奔我而来，
却已无人站出来为我说话。

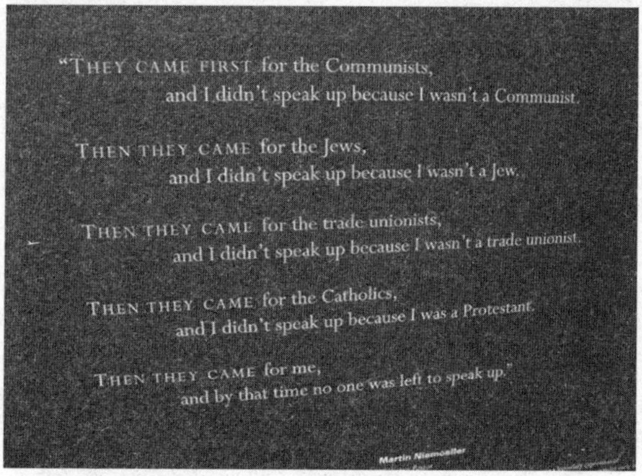

犹太人大屠杀纪念碑碑文

确实，一个人、一个群体、一个国家，如果只顾自己，只想明哲保身，而不为正义与道义付出一点代价，那么他就是下一个受害者！即便躲过了外界的惩罚，也可能失去内心的安宁。

课后作业与现实反思

1. 如果你是梁娅事件中的路人，你能采取哪些具体措施？请写得越具体越好，这样才能使自己有更好地应对类似危机的心理准备。

2. 如果你是《堪萨斯》中那个搭车的男孩，你会采取哪些措施来影响农夫呢？请写得越具体越好。

3. 请尝试敞开心扉，分享你曾经有过的遗憾往事或做错的事，帮助疗愈自己，也可启迪他人。

第五章 《了不起的盖茨比》

梦想的力量与方向

预习题：

1. 你所理解的中国梦是什么？

2. 你所理解的美国梦是什么？

3. 你的梦想是什么？

关于梦想

今天的小说主题是关于梦想。关于理想、梦想的话语往往让人热血沸腾。譬如，苏格拉底曾说，世上最快乐的事，莫过于为理想而奋斗。雨果也说，人类的心灵需要理想甚于需要物质。

本章将通过一个美国梦的经典文本来探讨梦想问题。什么是美国梦？《美国史诗》（*The Epic of America*）一书中对美国梦的定义如下：

A dream of social order in which each man and each woman shall be able to attain to the fullest stature of which they are innately capable, and be recognized by others for what they are, regardless of the fortuitous circumstances of birth or position.

美国梦追求的是这样一种社会秩序：其中的每个男人和女人都能够完全发挥他们内在的能力，都以他们自身的表现而非偶然的出身或地位而得到他人的承认。

从上述定义来看，美国梦的内核是承诺了一种向上的社会流动的机会，承诺每个人都可凭借自己的努力走向成功并获得他人认可。那么，中国梦的表述有没有相似之处呢？习近平主席 2013 年 3 月 17 日在第十二届全国人民代表大会第一次会议闭幕会上发表讲话时指出："生活在我们伟大祖国和伟大时代的中国人民，共同享有人生出彩的机会，共同享有梦想成真的机会，共同享有同祖国和时代一起成长与进步的机会。"这样的话语强调了每个人拥有成功的机会，除此以外，"共同"二字还强调了集体层面，将个人与集体的命运紧密联系在一起。

针对梦想问题，我在自己的班上和中国大学 MOOC 平台的学生中做过调查，发现大部分同学的个人梦想往往是短期的、偏物质的，高频用词包括金钱、职业、学业、爱情、亲情、友情、休闲等具体层面，和他们所理解的国家梦想联系不够紧密。其典型表述如：有一份稳定但不太忙碌的工作，和心爱的人周游世界，做一切想做的事情。在回答他们眼中的中国梦时，绝大部分同学没有涉及个体。其典型表述为：实现中华民族的伟大复兴。在回答他们眼中的美国梦时，大部分同学则认为美国梦就是个人的梦。

请你对照自己关于前面的预习题写下的答案，反思以下问题：自己的梦想有何特点？自己的梦想是否能为自己的一生提供前进的动力？和国家梦有何关联？美国梦是否真如上面的定义那样给所有美国人提供了平等的机会？你是通过哪些途径了解中国梦和美国梦的？如何更好地宣传中国梦，让其能充分调动从下至上的实践热情？

本章要探讨的小说《了不起的盖茨比》将为我们深入理解美国梦提供很好的机会。而且，因为这个小说描述的美国 20 世纪 20 年代和今天的中国社会有诸多相似之处，对我们而言很有借鉴意义。请你先找《了不起的盖茨比》的小说文本及电影看看，思考美国梦在宣传方面有何值得我们借鉴的地方。美国梦本身又有哪些局限性？

背景：喧嚣的20年代

美国的20世纪20年代被称为喧嚣的20年代。喧嚣意味着多种嘈杂的声音。请思考一下：我们现在的日常生活中的噪声主要有哪些？是不是有马路上的汽车声音、建筑工地的声音、广播的声音、街上的广告声、电话铃声？我们所处的喧嚣年代和美国喧嚣的20年代有何异同呢？

第一次世界大战后的美国经济发展迅猛，纽约股票交易市场让很多美国人觉得可以一夜暴富，华尔街成为生钱机器。大众传媒兴起，好莱坞电影、百老汇剧院在不断制造着美国英雄梦，成为名副其实的造梦工厂；广播、报纸、广告、电话流行，人们不再因距离而感觉消息闭塞、交流不畅，某一个小地方发生的事情可以很快变得家喻户晓。大家热衷于炒股票、买汽车、买时尚用品，参加各类派对聚会。

另一个喧嚣的声音来自房地产热潮的兴起，建筑工地的噪声不绝于耳。最有代表性的是1923—1926年的佛罗里达州房地产泡沫。据统计，1925年，佛罗里达州迈阿密市仅有7.5万人口，其中竟有2.5万名地产经纪人。到1926年，佛罗里达州房地产泡沫迅速破灭，许多破产的企业家、银行家或自杀，或发疯，或沦为乞丐。这场泡沫成为引发华尔街股市崩溃的重要原因，最终导致了20世纪30年代的世界经济大危机。①

喧嚣的20年代也被称为爵士乐时代。这与美国20世纪20年代的第一件大事——禁酒令的实行密切相关。1920年1月17日，美国宪法第十八修正案正式生效，全国开始实行禁酒，禁止私自制造、售卖、运输酒精含量超过0.5%的饮料。禁酒令的实行因诸多因素而起。首先，从宗教的角度看，美国的清教徒崇尚俭朴节制的生活，长期呼吁用法律约束贪杯之人。其次，从社会的角度来看，酒被很多人看成是导致懒惰和犯罪的重要根源，工业资本家认为工人饮酒影响他们的劳动生产率。最后，从家庭的角度看，酗酒造成很多家庭暴力，妇女解放运动的兴起促使妇女们走上街头，要求禁酒。诸多要素促使因一战而变得强大的美国联邦政府痛下决心，在全国范围内禁酒。但是，这条法令带来了诸多始料未及的后果。它的执行难度非常大，没有足够的警力来维持，于是，地下酒吧飞速发展，贩卖私酒的

---

① 杨红林．历史上的三次房地产大泡沫．（2006-06-04）［2019-01-25］．http：//www.ce.cn/finance/main/gdpd/200606/04/t20060604_7210861.shtml.

活动变得非常猖獗。私酒贸易促成诸多黑帮势力兴起，犯罪率不断攀升。因为药店可以合法销售医用酒精，药店往往成了拍卖私酒之地。《了不起的盖茨比》中的主角盖茨比就是靠这样贩卖私酒而非法挣钱。

在禁酒令之前，地下酒吧主要是黑人的活动场所，里面主要演奏黑人的爵士乐。禁酒令之后，大批白人转入地下酒吧，爵士乐也因此被很多白人青年当作反叛的符号而从美国南部走向北方的大城市，所以，喧嚣的20年代又称为爵士乐时代。

作家作品简介

菲茨杰拉德（Francis Scott Key Fitzgerald）生于1896年，死于1940年。他个人最为春风得意的时光恰好是在喧嚣的20年代，而他的作品以紧扣时代脉搏而著称，代表美国发展史中重要的一环。“爵士时代”（Jazz Age）这个名字就来源于他的短篇小说集《爵士时代的故事》。《了不起的盖茨比》出版于1925年，而故事发生的背景就在1922年，所以这部小说完全写的是他正生活着的美国社会。在美国社会和他个人的盛世年华中，他已经预见到了美国梦的幻灭，体现出超常的洞察力。这种对时代的精准把握得到同时代的著名诗人T. S. 艾略特以及海明威的高度赞扬。日本的村上春树也对他甚是喜爱。我国的张爱玲甚至指出菲茨杰拉德是她最推崇的美国作家。现在，《了不起的盖茨比》已成为美国大学生的必读书目。作者对那个人人做梦的时代的准确把握，与他个人的浪漫主义气质以及他激情投入当时的生活密不可分。

1913年，他依靠亲戚的资助进入普林斯顿大学学习，在那里成为学校文学团体的积极分子，但因无心学业而没有毕业。1914年，他在舞会上认识了富家小姐吉内瓦·金，两人一见钟情，但财富与地位的差距使他被迫放弃。1917年，他参加一战训练，并于驻军期间结识上层社会的美丽才女——亚拉巴马州最高法院法官的女儿泽尔达·赛雅（Zelda Sayre）。两人恋爱一年后，泽尔达感到家境普通的菲茨杰拉德无法满足她奢侈的生活，于是与他分手。1920年，菲茨杰拉德将被拒小说改写并更名为《人间天堂》（*This Side of Paradise*），一炮而红，于是他立刻给泽尔达发电报，两人闪电般结婚。婚后最初几年，菲茨杰拉德凭借高价的稿约和快速写作而获得高收入，夫妻俩挥金如土，经常开办豪华派对，我行我素，绯闻不断，备受八卦新闻关注，可谓活在爵士时代的风暴中心。

菲茨杰拉德幸福的一家三口

但是，菲茨杰拉德拼命写作挣钱的同时染上酗酒的恶习，他的妻子泽尔达本来也颇有才华，难以忍受自己只是作为著名作家妻子的身份存在。泽尔达后来患上了精神病，他们最后都悲惨地英年早逝。1940 年 12 月，菲茨杰拉德突发心脏病，死于洛杉矶，年仅 45 岁。1948 年 3 月，泽尔达死于精神病院的大火之中，年仅 48 岁。从菲茨杰拉德本人的爱情遭遇来看，上层社会的女子对他有着极大的吸引力，这是他的人生梦想的重要组成部分，成为他验证美国梦所承诺的向上的社会流动的重要标尺。这一点充分投射在小说主人公盖茨比的梦想之上。

《了不起的盖茨比》将环境设置在 1922 年夏天的长岛北岸和纽约市区。在小说第一章，叙述者尼克从中西部来到东部的纽约学做证券生意，并拜访表妹黛西一家，得知她和汤姆的婚姻并不幸福，汤姆有婚外情。此外，他在此结识了黛西的朋友女高尔夫球手贝克。第二章主要叙述汤姆带尼克去会他的情人梅朵，尼克对梅朵仗着汤姆的钱装贵妇的做法很鄙夷。第三章叙述尼克第一次参加邻居盖茨比的豪华聚会，听到了关于他的各种神秘传言，并且再次遇到贝克，而且发现贝克被盖茨比叫去聊了一个小时。第四章主要是贝克向尼克讲述盖茨比和黛西曾经的恋情，并且转达盖茨比想要尼克邀请黛西来喝茶。第五章描述盖茨比和黛西终于通过到尼克家喝茶再次相会的情景。第六章首先由尼克提前叙述他好久以后才知道的盖茨比的真正身世，然后讲述汤姆、黛西、尼克一起参加盖茨比家中的豪华派对，引发汤姆对盖茨比的身份的进一步怀疑。第七章是全书的高潮部分，讲述他们四人在7月中最热的一天进纽约城消遣，黛西公然表示她和盖茨比之间的暧昧，汤姆和盖茨比正面对峙，盖茨比要黛西说明她从未爱过汤姆，而黛西在听了汤姆揭示的盖茨比靠贩卖私酒发财的真相后大为震惊。在返回途中，黛西为了转移自己的注意力而主动要求开盖茨比的车，结果无意中在路上撞死汤姆的情人梅朵。盖茨比准备把责任揽在自己身上，说是自己开车撞的人，并且因担心黛西回家被汤姆欺负而彻夜守在黛西的屋外。但是，尼克走近窗子发现，黛西和汤姆在亲密地商谈着什么。第八章讲述盖茨比在家苦等黛西的电话，而梅朵的丈夫威尔逊从汤姆那里了解到是盖茨比的车撞死他妻子后，偷偷来到盖茨比家开枪打死盖茨比然后自杀身亡。第九章写盖茨比凄凉至极的葬礼。尼克在盖茨比死后给黛西打电话，却得知黛西已经带着行李和汤姆出门远游，将盖茨比完全抛诸脑后。只有盖茨比的老父亲看到报纸上的消息后匆匆赶来，并向尼克展示盖茨比少年时代的一张作息时间表，凸显他如富兰克林般的勤勉作风和梦想。目睹了盖茨比的悲惨结局后，尼克心灰意冷地回到中西部。

莱昂纳多·迪卡普里奥主演的《了不起的盖茨比》电影剧照

人物与视角：尼克眼中的盖茨比

为了更清楚地展示人物关系，请看下面这张简单的人物关系图。

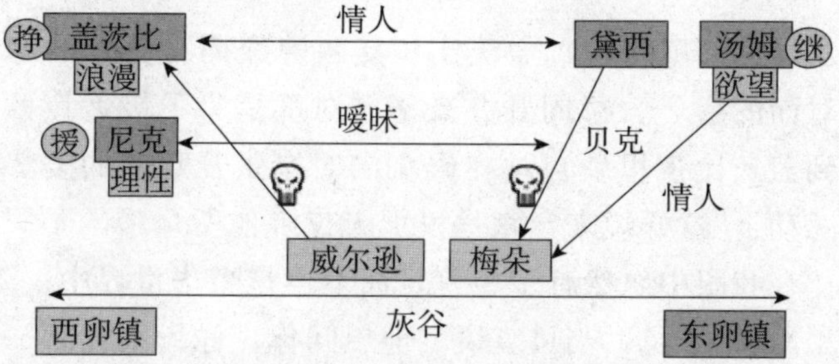

图中，上下表示社会阶层，左右表示地理空间的东西方向。三位主要男性人物包括盖茨比、尼克和汤姆。从经济的角度来看，盖茨比靠自己挣钱买豪宅，尼克依靠家庭援助租房，汤姆靠继承的财富买豪宅。从情感的角度来看，盖茨比充满浪漫主义的激情，尼克非常理性，而汤姆放纵自己的欲望。三位男性刻画得个性分明。

你对盖茨比的印象如何呢？

大多数同学表示对盖茨比深感同情甚至佩服。我们来看看文本如何通过叙述者尼克促成了这一阅读效果。

盖茨比的形象随着尼克对他的认识的加深而变化，逐渐从负面转为正面。而读者也因尼克的叙述视角而很容易受尼克态度的感染。尼克最开始对盖茨比充满怀疑。盖茨比第一次跟尼克解释自己的身世时满嘴谎言，说自己生在中西部的有钱人家，全家世代都在牛津大学念书。下面这段他信口开河的话让尼克笑出声来：“后来我就到欧洲各国首都去住了一阵，像东方王子那样阔绰——巴黎、威尼斯、罗马；到处收藏珠宝——我尤其喜欢红宝石；打打猎，学学画——不过是为自己消遣而已；同时尽量想忘掉好久以前一件令我非常伤心的事。”（85）[①] 这使尼克想到的画面是：“一个裹

① 菲茨杰拉德．大亨小传．乔志高，译．上海：上海三联书店，2013．下文中有夹注处皆引自该书，夹注内为原书页码。

了头巾的印度‘阿三’，像塞满木屑的傀儡玩具一样，在巴黎郊外布龙公园里东奔西跑，追着打老虎。”（86）不过，盖茨比拿出随身携带的黑山共和国国王颁发给他的一战勋章，以及牛津大学拍的同学合影，尼克变得半信半疑。

当尼克从贝克那里得知，盖茨比和黛西曾经拥有美好的恋情、盖茨比买了黛西正对面的房子、每周开办豪华派对都是为了接近黛西时，尼克回忆起以前看到盖茨比夜里独自站在码头向对岸张开双臂的姿势，不禁被盖茨比的深情感动：“这样说来，六月里那天夜晚他所企求的不只是天上的星斗了。盖茨比在我眼中忽然有了生气，而不再是豪华世界中一个迷迷糊糊、茫无目标的鬼影。”于是，当贝克说“他想问你，你肯不肯哪一天下午把黛西请到你住的地方来，然后让他过来见见面”时，尼克进一步被感动。在他看来，这样的要求和盖茨比的深情比起来毫不过分。“他的愿望不过如此，真使我吃惊。难道相思了五年，购置了这么大的一块产业，摆出这样阔绰的场面，不管张三李四都应酬——为的只是要找个机会哪一天下午到隔壁邻居家来‘见一见面’”？（103）当盖茨比如愿以偿见到黛西，他那初恋般的紧张感深深感染了尼克。这个时候，尼克对盖茨比的态度已经完全从怀疑转变为感动。在尼克的引导下，读者很容易记住盖茨比的痴情，而忽略盖茨比追求已婚的黛西有何不妥之处。

盖茨比和汤姆正面对峙之后，他私酒贩子的身份被汤姆揭穿，于是当天晚上盖茨比将自己的真实经历告诉了尼克。盖茨比出身贫寒，真名叫“杰姆士・盖茨”，这是一个土里土气的名字。他17岁时结识富翁丹・科迪，开始用“杰・盖茨比”（Jay Gatsby）这个更洋气的名字介绍自己。事实上，当时有多位富豪名为Jay，如Jay Gould，Jay Cooke。尼克这样解释盖茨比以前改名和现在说真相的心理：“他想象中的杰・盖茨比正是一个十七岁的穷小子可能憧憬的一派人物，从那时起他一生始终就忠于这个理想。”（130）“他到现在才能坦白告诉我，因为‘杰・盖茨比’这个人物塑像已经像玻璃做的一样被汤姆无情的打击砸得粉碎，他半生精力所扮演的角色已经演到筋疲力尽，不能不收场。”（196）尼克这样的叙述方式引导读者忽略盖茨比违法致富的不良形象，而凸显他的执着而悲剧化的追梦人这一更为美好的形象，使读者也变得像尼克那样宽容盖茨比隐瞒自己的真实身世和黑暗过去的做法，对他被汤姆打败颇感同情。

盖茨比对车祸事件的处理态度则让尼克对盖茨比的态度上升到崇敬。本来是黛西开车撞死了梅朵，但是盖茨比为了保护黛西而决定说是自己开车撞了人，并且因担心黛西而决心彻夜守在她家楼下。第二天早上，盖茨比依然在痴情地等黛西的电话，尼克在分别前隔着一片草地向他喊道："他们都是混蛋!""他们没有一个比得上你!"尼克后来为自己喊了这句话而高兴："那是我唯一一次恭维他，因为我原本是彻头彻尾不赞成他这个人的。"（204）这个时候的尼克已经将盖茨比的梦解释成"纯洁的梦"（205）。

为了将盖茨比不无瑕疵的追梦过程彻底纯洁化，尼克在最后一章提到盖茨比的老父亲向他展示的盖茨比青少年时期的个人日常安排。其内容如下：

早六点　起床

六点十五至六点三十　哑铃体操，爬墙演习

七点十五至八点十五　学习电机及其他科目

八点三十至下午四点三十　工作

四点三十至五点　棒球及其他运动

五点至六点　练习演说、私交礼节，等等

七点至九点　研究有用的新发明

…………

其个人戒条中还提到每星期储蓄五美元或三美元，对父母的态度要改好，等等。这样的自我管理方式和美国梦的早期代表本杰明·富兰克林在自传中揭示的方法非常相似。盖茨比因此被刻画成和传统美国梦的追求者一样的高大形象。而读者也因此由衷赞叹其追梦过程中的浪漫激情与锲而不舍，扼腕叹息其凄凉结局，将其失败的根源归罪于黛西与汤姆所代表的上流社会的无情无义。

我们需要反思的是，盖茨比真如尼克所说的那般伟大吗？尼克的话是否完全可信？你能否发现尼克话语中的破绽呢？

黛西与物质化的美国梦

小说里的女性人物有着某些共性，无论是黛西、贝克还是梅朵，都显得自私、虚荣、浅薄。小说对她们毫无赞美之词，非常类型化，远没有三位主要男性人物那般个性分明，从中似乎可看出作者对当时女性的基本态度是负面和悲观的。

我们来进一步分析黛西这位女主人公和美国梦的关系。黛西的主要魅力在哪里呢？尼克提到最多的就是她说话的声音。尼克曾经听人说，黛西说话喜欢故意含混不清，为的是使人跟她靠拢一点。(11) 但是，不管是尼克、盖茨比，还是其他男性，似乎都对黛西的声音着迷。尼克这样评论道：

> 她那种声音能够令人侧耳倾听，好像每句话都是一些抑扬顿挫的音符所组成的，一经演奏就成绝响。……追求过她的人说，最使人神魂颠倒、难以忘怀的还是她说话的声音：是引吭高歌，也是喃喃私语——“听啊!”声音暗示着，她刚做完一些欢欣鼓舞的事，而且别走，还有欢欣鼓舞的事在后头。(11－12)

而且，尼克和盖茨比对黛西的声音有一个独特的评价，认为“她的声音充满了金钱”(159)。尼克意识到：“她声音的美就在于此，她说话的声音时高时低蕴藏着无穷的吸引力也在于此，金钱叮当的歌声……高高供在白色的宫殿上，国王的女儿，黄金女郎……”(159)

这样突显黛西的声音有何深意呢？声音的魅力比身材、五官等外表的美更隐形，它让你实实在在地感知到它的存在，可是又看不到摸不着。此外，它也更加经得起时间的考验，有着持久的诱惑力。当声音的清脆悦耳进一步和钱币的叮当声联系起来的时候，黛西的声音也就成了如梦似幻的以财富为核心的美国梦的最佳写照。在喧嚣而浮躁的 20 年代，美国梦幻化成黛西的声音灌输进每一只想要聆听的耳朵里，诱惑着大家去追逐。尤其是对盖茨比而言，黛西完全成了美国梦的化身，娶了她就获得了美国梦所承诺的一切。可是，叙述者尼克感觉到了黛西所象征的美国梦背后的陷阱。“国王的女儿，黄金女郎”这两个词借用了点石成金的神话故事，国王米达斯因贪财而让神灵赋予他点石成金的本领，这使得他用手碰触心爱的女儿后将她变成了黄金雕塑。黛西正如这个黄金雕塑，是贪婪的产物，出身高贵，身价高昂，但冰冷无情，没有实质意义。黛西的名字 Daisy 也可作类似的联想。Daisy 在英文中表示雏菊。你不妨在脑海中想象一朵白色的雏菊的形状，外层是白色，给人以洁白高雅之印象，但同时也可和白银联系起来，而内里是黄色，可以喻指黄金。所以，黛西就成了物质化的美国梦的完美象征。

从尼克的立场来判断，盖茨比眼中的黛西，是一个高度精神化的产物，寄托着浓厚的情感欲求。这一种错位注定盖茨比的梦想会幻灭。而汤姆则以昂贵的珍珠项链为交换物，换取黛西作为美丽的上流名媛的象征价值，以巩固自己的上层身份，所以他和已被物质化的黛西的结合更显自然，两人无法从彼此身上满足情感欲求也就变成了理所当然，甚至是咎由自取。黛西在小说中被刻画成一个空心人，被剥夺了享受情感欲求的权利。她最后不得不继续过着没有爱情和尊严的婚姻生活，压抑自己的正常欲望，忍受汤姆的不忠。我们往往谴责黛西辜负了盖茨比的一片痴情，而忘记了黛西也是物化的牺牲品。她被当作男权社会和消费社会的奢侈品，被利用的只是她的交换价值，而她作为一个女人对情感的需求被忽略了。

被美国梦抛弃的底层：威尔逊夫妇

威尔逊夫妇在小说中代表社会底层人物。他们深受穷困之苦，生活在死气沉沉的灰谷（ash valley），该地象征着资本主义生产的垃圾场。这样的生存境遇本应让人产生同情，可是，读完小说，读者很容易对他们产生这样的印象：妻子梅朵无视丈夫的爱，一心攀附汤姆，让人感觉粗俗不堪；丈夫威尔逊简单愚笨，枪杀了无辜的盖茨比。这样的阅读效果背后有何深层原因呢？让我们从处于社会中层的尼克和上层的汤姆两个人的角度来进行分析。

尼克在小说开篇提到父亲对自己的忠告："你每次想开口批评别人的时候，只要记住，世界上的人不是个个都像你这样，从小就占了这么多便宜。"(1) 尼克认为自己深深记住并践行了父亲的上述训诫。可是，从他对威尔逊夫妇的呈现方式来判断，他并没有真正做到这一点，而是以中上层的眼光，居高临下地蔑视一直处于底层的人物。我们不妨从两个极为相似的偷情场景来展现尼克对威尔逊夫妇和汤姆夫妇的不同态度。第一个场景是在威尔逊夫妇的汽车修理店，汤姆带着尼克来与威尔逊太太梅朵幽会：

> 他（威尔逊）是一个头发淡黄面色苍白的人，依稀有点风度，可是一脸无精打采的神气。(31)
>
> 她（梅朵）……肥得颇有肉感。她穿着一身带有油渍的深蓝绉绸衣裳，脸庞并不美，可是一落眼就感觉到这女人有一种活力，好像浑身神经都在不停地燃烧。她先懒洋洋地一笑，然后视若无睹似地穿过她丈夫身边，过来跟汤姆拉手，两眼直瞅着他。接着，她用舌头润了

润嘴唇，头也不回、低声粗气地吩咐她丈夫道："怎么不拿两张椅子过来，你这个人，让客人坐坐。"

"就来，就来。"威尔逊诺诺连声到账房小屋里去搬椅子，马上他的人影就跟水泥壁打成一片。(32－33)

第二个场景则是在汤姆夫妇家里，盖茨比应黛西邀请前来拜访：

汤姆猛然把门打开，他粗壮的身躯一时把门口挡住，然后大踏步走进来。

"盖茨比先生！"他伸出巨灵之掌来欢迎，一肚子讨厌但外表装得非常和气。"我很高兴看见您……尼克，你好……"

"做几杯什么凉的来大家喝喝。"黛西命令她丈夫。

他转身出去张罗冷饮，黛西站起来走到盖茨比面前，两手捧着他的脸，嘴对嘴和他亲吻。

"你晓得我爱你。"她喃喃地说。(153)

请你仔细比较上述两个场景，它们有何异同？

____

____

____

____

从上面两个场景可看出，尼克强调威尔逊与汤姆身体上的差别，突显前者的病弱和后者的壮硕。在观察了威尔逊和汤姆发现各自的老婆有外遇时的不同反应后，尼克更是直接下了这样的结论："人尽管有种族的不同、智力的高下，可是一切别的差别都无所谓，主要的还是生病的人和健壮的人两者之间的不同。威尔逊身体那么坏、脸色那么难看——好像他自己干了不可饶恕的坏事，跟别的女人私通，把人搞成大肚子。"(164) 这里面暗含了一种典型的社会进化论和霸权主义逻辑，即将所有的不平等归结为身体的强弱差异，身体弱小者在道德上也低人一等，必将被社会迅速淘汰。正是在这样的逻辑下，病弱的威尔逊就像灰谷中被倒掉的垃圾一样遭人唾弃。可是，不是每个底层人物都身体病弱。威尔逊的妻子梅朵正是一个身体健康的人。但是，尼克频繁使用评价性的贬义词来描述梅朵，用男权主义的眼光赋予她充满活力的女性身体一种低俗和淫荡的意味。与此相反，黛西虽然是在做着和梅朵一样的偷情之事，但尼克只是客观地描述黛西的动作而不加主观评判，黛西在他眼中只是一个被宠坏的女孩形象。可见，尼克将威尔逊夫妇的悲惨命运看作是他们自身身体或智力上的无能或品行不端的结果。这透露出美国梦所承诺的白手起家神话暗含着对底层民众困境的漠视和轻蔑。换句话说，美国梦褒扬的是那些如盖茨比一样迅速崛起之人，而对那些恪守本分、长期贫困的人则嗤之以鼻，缺乏同情心，认为这是他们自身的无能造成的，而遮蔽了弱势群体被体制压榨的黑暗一面。

梦想的魔力

我们前面提到，通过看似理性而中立的叙述者尼克对盖茨比态度的先抑后扬，读者很容易在读完小说之时深切同情甚至景仰盖茨比。我们现在来谈谈造成这种阅读效果的另一个重要原因，即梦想的魔力。

首先，整个小说制造了一种浓厚的梦幻感，让人产生微醉般的愉悦。譬如，尼克第一次拜访汤姆和黛西的家时这样描述：

> 有几扇门稍微开着，雪白光亮，望出去外面碧绿的草地简直有一点要长到室内来的样子。一阵轻风吹过客厅，把窗纱从一头吹进来另一头又吹出去，好像一片片虚无缥缈的旗帜，吹向天花板上白糖蛋糕似的装饰，然后轻轻拂过绛色地毯，留下一阵阴影有如风吹海面。(10)

风、海面是自然力量，窗纱、旗帜可以象征梦想，而白糖蛋糕似的装饰暗示梦想的诱人滋味。整个画面很好地表达出富人的豪宅带给人的梦幻感。而接下来描写的黛西和贝克如在空中飘飞的状态进一步烘托出这种感觉。“她们穿的都是一身白，衣裙被风吹得飘飘的，好像刚乘气球绕着房子外边飞了一圈回来似的。”(10)

不过，上面的描写暗含着隐隐的不安。和环境比起来，人的力量似乎显得很渺小。可是，对于正在追梦的人而言，他往往宁可沉醉在梦中而不愿冷静去思考可能的陷阱。因为没有梦想带来的激情，生活可能变得贫乏无趣了。

其次，小说通过细腻而抒情的笔调、生动的意象极度彰显梦想的魔力，将盖茨比追梦的各种心理状态升华为一种普遍的追梦人心理，因此很容易引起读者共鸣。让我们来进一步体味作品如何展现追梦的美妙。譬如，当盖茨比向尼克讲述他和黛西五年前外出散步并第一次亲吻的经历时，小说这样写道：

> 盖茨比从眼角觑见一段一段的水门汀像是搭成的梯子，直通树梢天边一个秘密的处所——他可以攀登这个高处，只要他单人匹马勇往

> 直前，一登上去他就可以尽情吮吸生命之浆，把神妙无比的乳液大口吞下。(147)

这样的期待是何等美妙的感觉！

当盖茨比终于与黛西重逢，他指着那个自己无数次张望的黛西家码头的绿光方向说："你们家码头上每晚总是有一盏绿灯一直点到天亮。"(122)尼克评论道：

> 可能他刚悟到，那盏绿灯以往在他心目中的一种不可思议的重要性从今以后要永远消失了。他跟黛西之间的距离一向是那么远，使他拿这盏灯当做一件跟她非常接近的东西，近得几乎可以跟她接触——就像天空中一颗星距离月亮那么近。现在这件东西还了原形——不过是对海码头上一盏绿灯。他所憧憬的神奇宝贝又少了一件。(123)

这段话传达出梦想快要实现、追梦的激情快要消退时的惆怅感。小说最后让盖茨比在知晓黛西弃他而去之前死去，正表达出作者想将时间定格在梦想实现或破灭之前的渴望。也就是说，作者渴望在追梦的美妙状态中沉醉并逝去。这与菲茨杰拉德本人的人生经历不无关系。他出身普通，但努力追求上流社会的生活，并娶上流社会的名媛为妻。他曾是时代的弄潮儿，一度在追梦过程中沉醉，但是，好景不长，他逐渐品尝到梦醒后的灰暗与苦痛。菲茨杰拉德年轻时代披着美国梦的玫瑰色彩，充满激情地生活，然后既想冷静剖析过去的问题（表现为冷静的叙述风格），同时又对激情岁月充满眷念（表现为强烈的情感与欲望）。

菲茨杰拉德对美国梦的缅怀态度也许类似于盖茨比对黛西的态度，明明知道她已经发生了很多变化，甚至是本质性的变化，但他因分外留恋梦的色彩而无法放弃。所以，菲茨杰拉德在给他一个朋友的信中曾这样说："这部小说的全部要点是：那些幻觉消失了，而正是这些幻觉使这个世界显得生气勃勃，只要它还带有某种神奇的光泽。"正因如此，小说最后以绿光结尾：

> 盖茨比一生的信念就寄托在这盏绿灯上。对于他，这是代表未来的极乐仙境——虽然这个目标一年一年在我们眼前往后退。我们从前追求时曾经扑空，不过没关系——明天我们会跑得更快一点，两手伸得更远一点……总有一天——于是我们继续往前挣扎，像逆流中的扁舟，被浪头不断地向后推。

我们可以这样认为，菲茨杰拉德将自己的人格一分为二，分别附着在盖茨比和尼克这两个人身上。盖茨比代表追梦过程中的激情浪漫自我，而尼克代表梦醒后的理性冷静自我。

你认为自己属于哪种类型呢？你更喜欢哪一种呢？为什么？

很有意思的是，从课堂调查来看，多数同学认为自己在现实中的表现更类似于尼克，但内心更愿意像盖茨比那样活着。这似乎很好地验证了梦想的魔力。这让我想起兰斯顿·休斯（Langston Hughes）的一首小诗：

Dreams	**梦想**
Hold fast to dreams	紧紧抓住梦想，
For if dreams die	梦想若是消亡
Life is a broken-winged bird	生命就像鸟儿折了翅膀
That can never fly	再也不能飞翔
Hold fast to dreams	紧紧抓住梦想，
For when dreams go	梦想若是消丧
Life is a barren field	生命就像贫瘠的荒野，
Frozen only with snow	雪覆冰封，万物不再生长

标题讨论及梦想的方向

小说标题用“great”（了不起的）来形容盖茨比。在意识到尼克的立场和判断并不可靠之后，你认为盖茨比是否伟大？请说明你的观点和理由。

我把课堂上部分同学的讨论以辩论的形式分享如下：

A：我认为盖茨比是伟大的。他为儿时的梦想不懈奋斗，最终通过自身努力改变了个人命运，成功跻身上流社会，为我们树立了一个积极向上的榜样。

B：我不觉得盖茨比伟大，他是通过个人努力积累了大量的财富，但他财富积累的手段并不光彩。贩卖私酒，开赌场，各种投机倒把让他一夜暴富，难道这种积累财富的手段也当得起“伟大”二字吗？

A：即使盖茨比非法致富，但他依然是伟大的。对待爱情他始终持有一颗真挚赤诚的心，可谓是“黛西虐他千百遍，他对黛西如初恋”。

B：他爱的不是黛西这个人，而是他心中的幻象。虽然他逐渐意识到黛西只不过是个金钱女郎，但他依然趋之若鹜，所以与其说他爱黛西这个人，还不如说他追求的是黛西所代表的上流社会。

A：我不同意这个观点，盖茨比有钱以后有机会结识很多上流社会的女子，但他对黛西始终痴心一片，不找任何其他女人。现在有很多人有钱了，爱情也跟着变质了，像盖茨比这样不忘初心的，我们难道不该点个赞吗？试问有多少人能同盖茨比一般，腰缠万贯、身居高位却痛享孤单？

B：他追逐的所谓爱情不过是水中月、镜中花。他把人生价值和理想建立在身外之物上，如财富、地位等，而不是建立在自己的内在修养等方面。错误的人生观、价值观导致他最后输得一败涂地，甚至连性命都丢掉了，这样还能算是伟大吗？

上面两位同学的说法都有道理。其实，这个小说整体上充满梦幻色彩，表明作者对梦想本身的肯定。正是在这一意义上，盖茨比在作者眼里有了追梦人的伟大特质，盖茨比追求梦想的执着和对黛西的痴情也确实打动人心。但是，叙述者尼克又赋予整个小说一种幻灭感，表明作者对梦想破灭带来的刻骨之痛的清醒认识，追梦人的历程也因此有了某种荒诞性，追梦人的伟大也就有了堂吉诃德式的反讽意味。传统意义上的伟大英雄往往为了某个更为崇高的目标而奋斗，而不会像盖茨比那样不择手段地追求一个物化的目标。这本小说可以让你仔细品味追梦过程中的快乐。但是，如果你想规避主人公的悲剧，则需要更妥当的梦想方向和实现路径。

在你的眼里，盖茨比失败的原因有哪些呢？

____

有同学大致找出以下三点原因。

首先，大家认为盖茨比的梦想从精神走向物质，导致他产生方向性的错误。我们常说，方向比速度更重要。方向错了，速度越快越偏离正轨。其次，大家认为盖茨比实现梦想的方法有误。他采用了不合法、不正当的手段，产生程序非正义的问题。最后，当时的美国社会分层已经比较固化，等级壁垒比较森严，美国梦所承诺的向上流通的渠道已变得很狭窄甚至堵塞。这从汤姆说盖茨比永远不可能属于他和黛西的圈子充分显示出来。请将你提供的答案和上述观点进行比较，并进一步推进自己的反思。

现在让我们重新回到本章最初的梦想调查。你认为人生梦想应该是怎样的呢？从盖茨比式的追梦者来看，他们往往过于强调个人的成功、个人的需求，所以，一旦个人的目标实现或幻灭，他们往往就失去了人生继续前行的动力。如果能将个人的梦想和他人、社会、国家甚至人类的整体命运紧密联系起来，个体则更容易从社会价值感中体会到梦想的持续动力。现在请你反思之前写下的梦想，它是只关乎你自己的个人生活呢，还是同时关注到更广阔的层面？从调查结果来看，同学们的梦想更多是偏于物质的以及阶段性的，而非能指引一生的精神性的梦想。令人惊喜的是，有同学写出了让人眼前一亮的答案：成为自己人生的光源，并尽可能照亮身边的人；或者让自己的能量不断增长，服务社会的能力不断提高。我想，有着这样人生梦想的人，每天都会过得充实而快乐，因为他们一直在追求梦想的路上。

课后作业与现实反思

1. 请重新修订你的人生梦想，使它成为你前进的灯塔，切实指引你奋进的步伐。

2. 请针对你的人生梦想，写下更具体的行动计划和阶段性目标。

第六章　《朗读者》

在历史的重负中前行

预习题：

1. 你相信人性本善，还是人性本恶，抑或是非善非恶？请举出至少一个事例来支撑你的观点。

2. 纳粹德国统治期间，无数普通德国人成为杀害犹太人的帮凶。你认为，二战结束后应该如何对待这些曾经成为纳粹杀人机器中的螺丝钉的普通人？

引入与介绍

我们在前面讨论《竹林中》《堪萨斯》等文本时，曾谈到如何坦然面对自己内心的黑暗面，现在则要从个体的层面进一步上升到群体、民族层面。每个民族的历史都有过黑暗的片段。如纳粹德国针对犹太人的种族灭绝政策、日本军国主义在南京的大屠杀、美国对印第安人的屠杀，等等。在这些黑暗的片段中，无数个体卷入历史的洪流中而共同酿成大错。无数犯错者及其后人如何面对这些曾经的黑暗面？整个民族如何面对这些历史的重负？我们如何理解其发生的根源以防止类似悲剧的重演？这些成为涉及个体和民族发展的重大问题。

《朗读者》这个文本为我们提供了一个非常独特的视角来探讨上述问

题。里面有关法律系的大学生对上一辈的愤激反抗和质问，体现的是20世纪60年代后期的西方学生运动尤其是联邦德国学生运动反抗权威的典型状态。而参与运动的左翼学生将毛泽东视为偶像之一，将他和马克思以及马尔库塞并称为“3M”。1967年1月1日，孔策尔曼（Dieter Kunzelmann）率领一组德国社会主义学生联盟的成员，在西柏林建立了“第一公社”（Kommune I），提出一系列主张，“要求彻底拒绝资本主义制度”。但是，到5月份的时候，“第一公社”的成员就被德国社会主义学生联盟开除了。

《朗读者》主要呈现德国二战后的一代人及其父辈的沉重心理负担及痛苦反思。二战结束后，那些参与疯狂行动的人也大都成了“普通人”。但是，我们长期不知道这些人的内心世界经历了怎样的变化。这些人及其后辈应如何面对以往的过错？《朗读者》从一个侧面启示着我们如何对待历史的重负。

《朗读者》是首部登上《纽约时报》畅销榜首的德语小说。它的作者本哈德·施林克（Bernhard Schlink，1944—　）是德国的一位法官、法学教授以及小说家。他在德国国内因擅长写推理小说而出名，曾获德语推理小说大奖。而《朗读者》这本小说却墙里开花墙外香，在1995年出版后先后被翻译成四十多种语言，为他赢得了广泛的国际声誉，根据该小说改编的电影获2009年第66届金球奖和第81届奥斯卡金像奖。这些国际声誉反过来促使德国人逐渐重视该小说。那么，为什么德国人刚开始的时候对这部小说反应平淡甚至有些冷淡呢？这也许是因为它揭开德国人历史伤疤的方式极不寻常。

凯特·温斯莱特主演的《朗读者》电影剧照

故事梗概

小说《朗读者》共分为三个部分，由主人公米夏以第一人称回忆的角度进行讲述。在20世纪50年代的德国柏林，15岁少年米夏患了黄疸病，他在放学路上呕吐得一身狼狈，身体虚弱不堪，得到一位名叫汉娜的女子的及时帮助。米夏病好后去感谢汉娜，无意中从门缝里瞥见汉娜换衣服时的性感模样，两人之间展开了一段忘年恋情。在相好的过程中，汉娜总是要求米夏带文学名著来朗读，而且汉娜每次都听得如痴如醉。在热恋了几个月后，汉娜突然不辞而别。当米夏去找她时，发现已经人去楼空。米夏很长时间沉浸在这段短暂而热烈的恋情回忆中，以为是自己的错导致汉娜离开，心情无比失落和痛苦。八年的时间过去了，他一直把对汉娜的爱深藏在心底。这是小说的第一部分。

小说第二部分讲述了他们的意外重逢。当米夏再次见到汉娜的时候，居然是在法庭上。米夏当时作为法律系的大学生去旁听对纳粹罪犯的审讯，无比震惊地发现汉娜和另外四名集中营看守一起坐在被告席上。她们五人被指控在1944年冬天迁徙集中营囚犯的时候造成300余名女囚犯被活活烧死。在大火中侥幸存活下来的一位女孩后来写了一本回忆的书，警察正是根据她书中的描述而指控这五名女看守。米夏在旁听审讯的过程中逐渐意识到汉娜为了隐瞒自己是个文盲才应聘去当了集中营的看守，而且在审讯时为了保守这个秘密竟然不惜承认重罪，使自己所受的处罚比其他同伴严重很多，从有期徒刑变为终身监禁。第二部分聚焦整个审讯的过程以及米夏内心的痛苦挣扎。他一方面痛恨汉娜向自己隐瞒这些秘密，另一方面又愧疚于自己没有向法官说明汉娜是文盲的真相，因为这样做了的话就可以减轻她的罪责和刑罚。

小说的第三部分讲述米夏在审判结束后的心路历程，以及他和监狱中的汉娜的关系发展。他重新承担起汉娜的朗读者的身份，自己朗读各种经典名著并进行录音，然后将磁带寄给监狱中的汉娜。汉娜在狱中借来他所朗读的书，一个字一个字地对照着他的朗读来学习，终于学会了认字和写字，其自主阅读的范围也逐渐聚焦到那些跟纳粹集中营有关的书，尤其是关于集中营中的女囚犯和女看守方面的书。汉娜因在监狱表现良好而获得减刑。在她快出狱的时候，监狱管理员联系了米夏这位唯一与汉娜保持通信的人，请他来帮助安排和照顾汉娜出狱后的生活。米夏怀着复杂的心情来见汉娜，希望汉娜对其过去的罪有清醒的认识。汉娜从米夏的态度中意识到两人不可能重新走到一起，于是在出狱前的黎明时分上吊自杀。

小说有诸多的问题留待你去深刻思考。米夏和汉娜之间相差 21 岁的恋情有何寓意？为什么要将汉娜设置成一个文盲？你认为汉娜应该得到原谅吗？为何最后要让汉娜自杀？请你在接下来学习之前去看看小说和电影，两者都非常精彩。你的预习将为后面深入讨论并发出你自己的声音做好准备。

相差 21 岁的恋情

小说《朗读者》的情节主线是米夏与汉娜之间相差 21 岁的恋情。为何要设计这样一段中年女子与未成年少年之间的违背伦理的恋情呢？

请写下你自己的看法。

____

____

____

____

他们相恋的时候，米夏向汉娜说自己 17 岁，其实他只有 15 岁，而汉娜当时已 36 岁。一个是懵懂少年，一个正处于人生黄金时期。两人相差 21 岁，是两辈人的时间距离。这种距离首先暗示的是德国二战那一代以及战后那一代的关系。在战后一代眼中，他们的父辈在二战时期只要没有逃离德国，往往要么成为纳粹的帮凶，要么成为纳粹的沉默接受者或者无能为力的看客。面对全世界对纳粹德国的谴责，战后的德国一代如何面对自己的父辈呢？首先，一个无可回避的现实是他们共同生活在一起，在家庭，在学校，在教堂。父辈们努力通过投入新的生活来忘记过去的梦魇，可是，当他们站在年长者、教育者的角度向日渐成年的年轻一代发号施令时，年轻一代在青春期躁动不安的情绪和世界舆论的裹挟下，以挑战者、质问者的姿态瞪着上一代人："你们这些历史的罪人，有何资格来管我们？"年轻一代渴望清算历史来摆脱上一辈的权威和历史耻辱感，这是 20 世纪 60 年代后期联邦德国学生运动的重要原因之一。作者本哈德·施林克出生于 1944 年，是典型的战后一代。《朗读者》出版的时候，施林克已经 51 岁。他和上一辈的关系同样面临着下一代人的挑战：我怎么向我的下一代解释我和我爱的做过恶的上一代呢？于是，如何面对历史的重负就成了前后三代人必须解决的问题，也成为作者创作《朗读者》的心理根源。

施林克自己指出："是爱将米夏卷入了汉娜的罪责之中；是爱，孩子对他们的父母、亲人、老师和神父的爱将战后一代卷入了他们上代人的罪责之中。"[①] 但是，为何一定要通过一段相隔 21 岁的未成年人参与的恋情来呈现二战一代与战后一代的关系呢？

我们也许可以将之理解为一种明显的恋母情结，暗示战后一代在现实生存问题上对上辈人的依赖，在情感上对上辈人的依恋，尽管他们在理智上难以原谅上辈人在纳粹时期的共谋之罪。而上一辈也希望在对下一代的关爱中忘记过去的伤痛，复苏自己曾经被麻痹的神经和被压制的情感渴求。我们来看下面这一段米夏对母亲的亲密回忆：

> 记得我当时睡觉的房间没有生炉子，所以，早晨和夜里都非常冷。我的记忆中老有那温暖如春的厨房，火光熊熊的炉灶。……母亲会在炉子前边摆上一只小凳子，让我坐在上面，给我洗脸或者穿衣。我难以忘怀这温暖带来的舒适感觉，我永远记得那悉心为我准备的享受，暖暖和和地洗脸和暖暖和和地穿衣。我总是记得，每当这种情景在回忆中出现时，我就会反躬自问，为什么母亲要对我如此宠爱？(29)[②]

与此类似，米夏最初从汉娜身上感觉到的也是一种具有母性特质的怜爱。当米夏在回家路上病情发作、呕吐并难过得哭了时，素不相识的汉娜给予他母亲般的拥抱："'小家伙！'她又讲了一遍，一下子就把我搂进她的一双臂膀里了。……我总算停住不哭了。"(4)

在和汉娜初试云雨之后，米夏感觉自己一夜之间长大了。原本病弱的身体在强大的心理暗示下也迅速强壮起来。他说："那个女人在记忆中连个名字都没有，但是，因为她下午对我如此怜爱，第二天我就上学校去了。"(30)

米夏和汉娜产生灵肉际会的地点也是在厨房。他第一次心灵的悸动来自他无意中从门缝瞥见在厨房换衣服的汉娜。后来每次去与汉娜相会，他都会在厨房洗澡，而汉娜如同对待小孩一样帮他擦洗，再用浴巾包着他擦干水珠。这样的场景和前面提到的母亲温情怜爱他的场景何其相似！而且，当他们俩偷偷外出旅行时，正是以母子的名义入住同一房间。

---

① 施林克，袁楠．专访：人不因为曾做罪恶的事而完全是魔鬼．陆志宙，译//施林克．朗读者．钱定平，译．南京：译林出版社，2009.

② 施林克．朗读者．钱定平，译．南京：译林出版社，2009. 下文中有夹注处皆引自该书，夹注内为原书页码。

但是，米夏和汉娜之间的恋情还有着更深的政治隐喻。对于战后一代的德国人，无论他们的父辈和纳粹的关系怎样，德国仍然是他们共同的“母亲”。他们都是这个母亲的“子女”。所以，米夏和汉娜之间的关系可以看作德国战后一代与祖国母亲之间爱恨交织的畸恋关系。研究纳粹的知名学者露丝·富兰克林（Ruth Franklin）指出，这种“既是恋人又是母亲，糅杂着诱惑、哺育和残忍”的关系，最为形象地展现了德国与自己的过去的矛盾关系。①

还有人认为这种畸形恋情关系隐喻希特勒和他的追随者的关系。希特勒以“民族英雄”的形象诱惑着普通德国人和他一起创造历史，他成为这些追随者尤其是来自底层的追随者的衣食父母，然后，又通过残暴的统治来使这些追随者紧紧依附于他来获得安全感。你是如何理解这段非常规的恋情的呢？请进一步完善自己前面提供的答案。

汉娜的文盲身份

在小说中，汉娜是一个文盲。她最初是在西门子公司做女工，因工作认真负责而被提拔到办公室做文职工作时，她为了掩盖自己的文盲身份而辞职。正好这时纳粹德国招募看守员。看守不需要文字，于是汉娜选择了这份新工作。在和米夏恋爱时，她为了遮掩文盲身份而和米夏闹了很多误会；在法庭上，当法官要求鉴定她的笔迹时，她为了遮盖文盲身份竟然承认了本不属于她的主犯之罪。对她而言，隐瞒文盲身份居然比爱情、自由甚至生命都更重要。

汉娜为什么不惜一切代价隐瞒自己的文盲身份呢？你通过预习对汉娜的文盲身份有何认识呢？请写下自己的答案。

有同学说，汉娜的文盲身份推动着情节的发展，并且使小说充满悬念。还有同学说，文盲缺乏思考能力，使她不假思索地盲目服从纳粹，更容易成为纳粹的帮凶。但马上有同学追问，难道作者在暗示参与纳粹暴行的德

① Franklin. A Thousand Darkness：Lies and Truth in Holocaust Fiction. Oxford：Oxford University Press，2011：201.

国人都是像汉娜这样的文盲吗？显然不是。汉娜这种对于文盲的深重羞耻感与德国的国情有关。德意志是个非常重视知识和教育的民族。普鲁士是全世界第一个实施义务教育的国家。为了贯彻民族主义教育，他们从1717年就开始实施国民义务教育。1860年，普鲁士儿童入学率高达97.5%。“希特勒非常喜欢瓦格纳的音乐，戈培尔是个莎士比亚迷，普通的德国人在欧洲的文化程度是最高的。”[①] 那么，作为文盲的汉娜显然不能代表千千万万的普通德国人，参加纳粹这架杀人机器的德国人显然绝大部分不可能是文盲。

那么，汉娜的文盲身份有何深意呢？在我看来，她的文盲身份代表一种受控于他人、无法替自己言说也难以与外界深入沟通的生存处境。在工作中，她无法像其他同事那样向上司写报告；在生活上，她无法像米夏那样去陌生之地自由旅行。譬如，他们俩一起外出旅行时，一切安排，包括办理酒店入住、点餐这样的日常活动，她都因是个文盲而无法自己完成。所以，当米夏外出买早点留给她一张字条时，她以为米夏弃她而去，禁不住像个被父母抛弃的小孩一样哭得歇斯底里。蒙受冤屈后，她也不会像集中营幸存者之一的那个女孩那样能以写书的方式进行言说。她被禁锢在一个很小的物理空间和精神空间里。无论是什么情况，她保护自己的力量都是非常有限的。按命令行事、尽忠职守成了她展现自我、肯定自我、寻求安全感的最佳方式。所以，不管是在西门子公司当女工，还是在纳粹集中营当看守，抑或是战后做有轨电车的售票员，她都一丝不苟地对待自己的岗位职责。

汉娜作为一个文盲的生存处境可以很好地隐喻纳粹统治时期的德国人的普遍困境。一方面，希特勒的极权统治具有强大的思想和情感煽动性，他打着民族主义的大旗，蛊惑年轻人参与到他的行列，让普通民众产生一种自己正和伟大领袖站在一起、共同创造民族历史的革命豪情和强烈归属感。另一方面，希特勒的极权统治通过极端暴力的方式迅速排除异己，那些无比残忍的非人做法使得集团内外的人都深感恐惧，而长期对付恐惧的常规办法就是自我麻痹，封闭自己的情感，停止自己的思想，像机器一样执行集团的命令，从而获得一定的安全感，避免集团的残暴降临到自己头上。

希特勒的极权统治给德国民众重新洗脑，使他们曾经获得的知识、教育、思想都失去了作用，在精神实质上无异于文盲。但是，与普通文盲的

① Franklin. A Thousand Darkness: Lies and Truth in Holocaust Fiction. Oxford: Oxford University Press, 2011: 205.

处境不同的是，重新洗脑过程中的暴力给民众带来了深重的生存恐惧，使得人类自然的情感和道德意识在公共领域完全变得麻木，他们从而成为纳粹杀人机器中严格执行命令的一个个螺丝钉。这才是最可怕的，因为它非常典型地展现了造成人类异化的一种现代化政治机制。在这种机制下，人与自然、人与自我、人与他人和谐一体的状态被彻底破坏。

那么，拯救之路在何方呢？

一场清算罪孽的审判

小说情节的另一条线是德国人对纳粹罪犯的审判。纳粹犯下了滔天的罪行，杀害的犹太人高达 600 万。

在此请你思考以下问题：为何小说中审判的不是纳粹高官，而是像汉娜这样的文盲女子呢？汉娜属于典型的弱势和边缘群体，为何让她这样的人成为历史的替罪羊呢？

这首先得和联邦德国（1949—1990）清算纳粹历史的过程联系起来。第一阶段在 1945 年后快速进行，由西方占领当局牵头清算纳粹高层。恶贯满盈的纳粹头目在纽伦堡受到了举世瞩目的审判，纳粹官员被驱逐出政府机关。但是，在 20 世纪 40 年代末 50 年代初，联邦德国出于快速建设国家的需要，不断赦免纳粹分子一般犯罪行为，并重新起用 1945 年被撤职的很多原纳粹官员和专业人才。民主德国因此攻击纳粹主义在联邦德国复辟了。但是，随着冷战的加剧，西方占领国也失去了彻底清洗纳粹分子的兴趣，而希望迅速扶持联邦德国成为西方阵营的实力成员。所以，很多罪恶累累的纳粹分子幸运地逃脱了应有的惩罚。

清算纳粹罪孽的第二阶段发生在 20 世纪 60 年代后期，该阶段的主要推动力来自西方轰轰烈烈的学生运动。清算纳粹德国的历史及其在联邦德国的残余势力则是联邦德国学生运动的独特目标。于是，这一阶段主要追究的是联邦德国政界的重要人物的纳粹历史，以及曾在重要纳粹机构如集中营工作的中下层纳粹罪犯，历史上称为“法兰克福审判”或“第二次奥斯威辛审判”。《朗读者》中，米夏与汉娜在法庭上重逢，其背景正是处于这一历史阶段。而且，《朗读者》中的一些细节和历史事实相呼应。奥斯威辛集中营的 8 000 名纳粹工作人员中，经法兰克福审判而定罪的只有 19 人，其中只有 6 人被定谋杀罪。《朗读者》中被审判的有 5 人，被判处重罪的也只有汉娜一人。

进入 20 世纪 90 年代后，民主德国和联邦德国统一，对纳粹历史的反思与清算更加深入，纳粹时期更为普通的人物和组织也进入批判的视野。出版于 1995 年的《朗读者》正是在这样的时代氛围下创作而成的。在了解了相关历史背景后，请继续思考小说中对汉娜这样的纳粹小人物的审判有何意义，并完善你前面的答案。

战后一代背负着两种罪感。一种是离不开亲人却又无力为自己最亲的人辩护的私人罪感，另一种是为祖国母亲背负的公共罪感，即雅斯贝尔斯所说的为纳粹期间“德国罪过”而负有的罪感。这两种罪感使战后一代渴望通过更细致的历史调查来理解父辈之恶。但是，小说中的米夏也对清算汉娜这样的小人物提出质疑：“仅仅判决和惩罚少数几个人，而让我们这些第二代人继续在惊愕、耻辱和负罪当中沉默下去，难道事情就应该是这样的吗?”（107）可见，面对大规模的犯罪行为，公众层面的审讯永远是不够的。

也许有人会认为，审判汉娜这样的小人物，是以替罪羊的形式释放参与历史之恶的广大民众的历史重负，清算历史并画上一个句号，可以帮助整个民族加快步伐继续前进。在我看来，面对大规模的历史恶行，对普通罪犯的反思与审讯是为下一步做准备。这下一步就是从公共领域进入私人领域进行自我审讯，让大众在普通罪犯的身上照见自身，将反思进一步上升和扩大到更多个体的自我拷问。这样，惩罚的虽是少数，受教育的却是大多数。只有这样，才可能使一个民族、一个群体真正走向自我救赎，更健康地奔向未来。省略公共领域对小人物的审判，而直接让单个个体自我反思是不够的，因为个体的力量太单薄无助。

你是否同意这一观点呢？期待你的分享！

平庸的恶

在小说第一部分，我们看到的是一个美丽、善良但性格有些孤僻、霸道的汉娜形象。为什么像汉娜这样心地善良的普通人在纳粹时期会表现出惊人的残忍和冷漠？这个问题是审讯小人物时旁观者想要获得的答案。这个答案直接关系到每个人。因为，我们自己可能会设想：如果我处在那样的环境中，是否也会像千千万万参与纳粹德国统治的普通德国人一样，简单而残忍地执行纳粹的命令呢？施林克在《朗读者》中确实巧妙而直接地将审判者和读者全部纳入了道德考量中。以审判汉娜的场面为例。

> "您是否知道，你们是把囚犯送往死亡？"
>
> "当然晓得。但是新人要来，老人要给腾出地方。"
>
> "那么，就因为要给新人腾出地方，你就命令说，你，你，还有你，你们必须被送回去杀掉吗？"
>
> "我曾……我以为……那么，要是您的话，您会怎么做呢？"(115)

面对这个问题，审判长当时就愣住了。而审判大厅里面也因这个问题而变得"鸦雀无声"(115)。审判长最后含糊其词的回答让在场的人"大失所望地叹了一口气，而对汉娜却投以惊奇的目光"(116)。由此可看出，当时在场的所有人，也许包括我们读者在内，也不知如何回答为好。

在庭审中，汉娜这样解释自己为何不打开门锁让女囚犯在火灾中及时逃生：

> 我们压根儿就不晓得该做什么。那一切来得那么快，……就剩下我们几个，还有教堂里的那些女人了。……我们就这么几个女的。我们哪守得住这么多女人呢？……
>
> …………
>
> 接着，就开始听到尖叫，叫得越来越厉害。倘使我们把大门打开，她们就会冲出来……(129)

审判长反问她："您是否害怕，如果你们让囚犯跑了的话，你们就会给抓起来，被判罪，被枪毙？"汉娜回答：

> 我们就是不能让她们给跑了！我们对她们有责任……我是说，我们一直在看守她们，在营里，在路上，这才是关键。我们不得不看着

她们，不让她们跑掉。这也就是我们蒙了，不知道怎么办的原因。……（130）

汉娜的回答反映出，她和另外的看守似乎已沦为执行上级命令的机器。这正是纳粹参与者为自己辩护的典型逻辑。以阿道夫·艾希曼（Adolf Eichmann，1906—1962）为例。他是纳粹德国的高官，被称为“死刑执行者”，是犹太人大屠杀中执行“最终方案”的主要负责人。当他逃亡多年后于1960年被捉拿归案受审时，面对以色列的各种控诉，他大都以“一切都是依命令行事”这句话来回答。在二战期间从德国流亡到美国的政治哲学家汉娜·阿伦特（Hannah Arendt）出席了艾希曼的审判，并写出了极富争议的《艾希曼在耶路撒冷：一份关于平庸的恶的报告》[①] 一书。她在书中指出：艾希曼在审讯过程中为自己缺乏教育与技能而羞耻，他为了掩饰自己这方面的缺陷，不惜承认一些他并没有犯的罪行，宁愿以一个战犯的身份受死而不愿作为无名之辈苟活。让阿伦特倍感惊讶的是，检查艾希曼的心理医生说他非常正常，其心理状态和对家庭的态度不仅正常，甚至还非常令人满意。正是在这一意义上，阿伦特提出了“平庸的恶”（banality of evil）的概念[②]。此概念用于指普通人在意识形态机器下无条件服从错误的命令、放弃个人思想和判断而犯下的罪恶。

艾希曼面对指控的反应和《朗读者》中的汉娜非常相似。首先，他们都认为自己只是执行岗位职责而已。他们在日常生活中原本处于普通正常的状态，他们所犯的正是一种不假思索的“平庸的恶”。其次，他们的不假思索和教育缺陷联系在一起。他们都不惜一切代价隐瞒自己缺乏教育的情况。对自己文化上的不自信也许正是他们更加严格地遵守命令行事，以获得他人肯定的原因之一。不过，纳粹阵营里也有众多高级知识分子，因此我们不能将服从命令与“平庸的恶”简单地归结为缺乏教育。

平庸的恶与角色扮演

我们刚才提到了“平庸的恶”的概念。从更深的层面来看，汉娜和艾希曼所表现出的这种“平庸的恶”是一种社会角色扮演。正如学者刘瑜所说的：

---

① 阿伦特．艾希曼在耶路撒冷：一份关于平庸的恶的报告．安尼，译．南京：译林出版社，2017.

② Franklin. A Thousand Darkness：Lies and Truth in Holocaust Fiction. Oxford：Oxford University Press，2011：208.

> 用角色开脱恶行，便利在于那个角色中的“我”不再是我，而仅仅是“他”：张警官、刘处长、陈法官……而所谓人性觉醒，就是从自己所隐身的集体中抽身出来，恢复成独立、完整并需要为自己的一举一动负责的个人。①

在社会角色扮演中，我们往往让赋予该角色的某种特有意识遮蔽了其他更为基础的伦理意识。这不仅体现在纳粹时期的汉娜身上，更体现在我们的日常生活中。

下面提供三个例子供思考。

第一个例子是2012年6月30日16时天津蓟县（现蓟州区）莱德商厦的火灾。商厦一层库房内空调电源线发生短路起火，火灾刚发生时，当时的商场负责人没有意识到危险，而是命令一楼的保安将商厦一楼的两个门锁上，防止顾客没结账带货出门，由此延误了疏散的时间。这场火灾最终造成10人死亡，16人受伤。

第二个例子请看这幅摄影作品《饥饿的苏丹》。

1993年，南非摄影师凯文·卡特（Kevin Carter）在苏丹发现了一个正在艰难爬向食品发放中心的小女孩。正当他蹲下来拍照时，一只秃鹫落在镜头里。他在那儿选好角度静静地等待了20分钟，期待它展开翅膀离开。但秃鹫一直待在原地，卡特只好拍完照片后赶走了秃鹫，注视着小女孩继

① 刘瑜．恶之平庸．（2011－11－24）[2019－05－08]. http://liuyu.blog.caixin.com/archives/26885.

续蹒跚而行。这张照片在《纽约时报》发表后引起强烈反响，一方面引起了国际舆论对苏丹饥荒和内乱的关注，另一方面不少人谴责卡特没有放下相机去救小女孩。凯文·卡特凭借这张照片获得 1994 年普利策新闻特写摄影奖，可是获奖两个月后就自杀了，终年 35 岁。

请你发表自己的看法：这两个事件和“平庸的恶”有何关联？

最后再提供一个很有启发的案例。1992 年，柏林墙原守卫兵因格·亨里奇受到审判，因为他连发数枪射杀了企图翻墙逃亡的克里斯。亨里奇申辩道：“我只是执行任务，不应承担责任。”法官判决如下：作为守卫，不执行上级命令有罪，但打不准是无罪的，你有把枪口抬高一厘米的权利。于是，亨里奇因杀人罪被柏林法院判处 3 年 6 个月的有期徒刑。亨里奇向最高法院上诉，改判 1 年 6 个月的有期徒刑，获准缓刑。减刑的理由：考虑到被告所处的环境、所受的军事训练、长期受到的意识形态灌输和服从命令的事实，该行为值得同情，但不能免责。判罪的理由：他理应意识到，连发数枪直接射杀手无寸铁的逃亡者不是正义的行为。

这个案例是否颠覆了你之前的某些认知？以此为参照，你是否想到更好的办法解决前面两个案例中的问题？

如何面对“平庸的恶”以及历史的重负

“平庸的恶”是造成黑暗历史的重要原因，因为它往往参与者众多。纳粹的刽子手艾希曼对自己的辩护主要有两点：第一，他只是执行命令；第二，他误入歧途，却一直没有外在的声音来纠正他、唤醒他。他的第二条辩解发人深省，将纳粹时期的整个德国纳入共谋之罪中。尽管有一些反抗存在，但这些反抗的声音在纳粹的暴政下显得十分微弱，自然难以真正传递出去。

但是，在今天这个网络传媒高度发达的社会，民众发出自己声音的渠道大大增多，正确利用这些渠道明辨是非、传递正义之声和正能量，是我们每一个公民的责任。唯有这样，我们才不至于陷入艾希曼所说的自己犯错而无人纠正的可怕局面。

有学者指出，面对历史的黑暗一般有四种不同的方法：积极反思法、与过去断离法、重新诠释法、将过去视为禁忌法①。我们以二战后的联邦德国、民主德国和日本的不同做法为例加以分析。

联邦德国采取的是积极反思法。联邦德国总理维利·勃兰特（Willy Brandt）1970 年 12 月 7 日在波兰华沙犹太人纪念碑前下跪认罪，为联邦德国赢得了世界的尊敬。当然，这种做法自然会遭受很多德国国内保守分子的反对，在自我清算中也会造成诸多困扰和罪感负担。但这些是暂时的困难，关键在于有效引导，相当于揭开伤疤、清洗伤口，虽然非常痛，但可以更好地防止伤疤化脓溃烂以至感染全身。譬如，1985 年 5 月 8 日，欧美各国隆重纪念纳粹德国无条件投降 40 周年，不少德国人则认为这一天对德国意味着战败与灾难，不能与战胜国一起纪念它。为此，当时的联邦德国总统里夏德·魏茨泽克（Richard Weizsäcke）旗帜鲜明地指出，“5 月 8 日”对德国人来说也是“解放之日”，因为它把所有德国人都从纳粹的暴力统治中解放出来了。德国人不应该把战争结束时自己承受的灾难与这个日子联系起来，而应该与 1933 年 1 月 30 日希特勒就任德国总理正式上台的日子联系在一起。德国人不应该记恨当年的战胜国，而应该把自己的不幸遭遇归结于罪恶的纳粹统治。魏茨泽克的精彩演讲赢得了德国众议员的热烈掌声，澄清了德国公众的历史疑惑，再次为德国赢得世界舆论的赞扬。

与联邦德国不同，民主德国采用的是与过去断离法，刻意与过去划清界限，仿佛历史在某一个时间点上突然断裂，生活在同一块土地上的人民则在同一时间变得与过去无关。其优点是可以比较快地摆脱历史的阴影，但是，这容易带来与文化传统的割裂，进而可能引发个体和民族的身份危机，使民族的发展难以从传统文化的精髓中借力。

日本采取的则是重新阐释法。他们篡改历史教科书，美化他们二战期间在中国、东南亚地区的侵略和暴行史。从短期来看，这似乎有利于历史和文化的延续，使国民一以贯之地效忠统治者。可是，从长期来看，发达

① 徐贲．《朗读者》和纳粹罪恶的后代记忆．（2015－01－06）［2019－05－08］．http：//www.vccoo.com/v/ec296d.

的网络传媒工具会将历史真相以及世界舆论的谴责传递进来，会造成更广泛的耻辱感，甚至带来国民的人格分裂。

最后一种办法是将过去视为禁忌法。当权机构对黑暗历史进行封存，并且封杀民众的相关讨论。这种办法可以在一定时间范围内防止黑暗历史持续散发负面效应。其缺点是剥夺了民众的知情权和言论自由的权利，因此容易被与民族利益有冲突的其他势力利用，离间政府与民众的关系。

汉娜之死与救赎之路

联邦德国通过政府引导的积极反思来带领民族摆脱历史的阴影。可是，为何《朗读者》选择一个非常沉痛的结局，让良知复苏的汉娜走向死亡呢？

汉娜借助米夏的朗读磁带在狱中学会了认字和书写，并且阅读了大量揭露和反思纳粹罪行的书。这暗示着外界的声音正在唤醒她曾经被职业角色遮蔽的人性良知，她已经具备自我反省的能力。小说让汉娜最终选择自杀和捐赠遗产给受害者，难道这才是真正的救赎之路吗？这显然不符合民族的发展需求，也不是战后一代内心真正希望的结果。我们来看小说最后一章所描述的米夏关于汉娜之死的痛苦反应。

> 汉娜死后好几年，那些老问题一直在苦苦折磨着我，我是不是拒绝过她，背叛过她？我是不是仍旧对她负有罪责？我是不是因为毕竟爱过她就对她负有罪责？我是不是原应该宣布脱离她、摆脱她？又怎么才能摆脱？有时候我又扪心自问，是否不是别人而正是我本人，要对她的死负责？(221)

米夏的痛苦反思说明，上一辈如果真的选择自杀谢罪，会给战后一代增添新的罪感，使他们感觉是自己的不宽容逼死了至亲至爱之人。2008 年的《朗读者》电影里有这样一句台词：“唯有爱使人的灵魂得以完整。”(Only one thing can make a soul complete, and that thing is love.) 虽然这体现的是米夏初尝爱情之果时对爱情的美好感悟，但是，我们也可以用这句话来很好地解释为何汉娜最终选择自杀。对狱中的汉娜而言，她活着的唯一希望寄托在米夏身上。米夏给她寄来的朗读磁带让她误以为可以和米夏再续前缘，因为朗读是他们两人恋爱时期最美好的交流场景。于是，她在狱中努力地识字、阅读和给米夏写信，以减少两人的距离。随着阅读能力的增强，她自我反思也逐渐增强，订阅了大量与纳粹有关的书。监狱管理员后来告诉米夏：“多年前，我就同意她的要求，弄来一份集中营的一般性书目；一两年前，她又要求我给她提供有关集中营的女人、女囚犯和女看守的书名。自从施密茨女士学会读写之后，她马上就开始阅读有关集中营的书籍了。”（209）她书桌上甚至摆着阿伦特那本《艾希曼在耶路撒冷：一份关于平庸的恶的报告》。从这些可看出，汉娜应该已经有了深刻的自我反省意识。这种反省肯定使她更痛苦。那么，米夏的爱成了她活下去的唯一理由。

可是，汉娜在快要出狱的时候终于见到米夏时，才清醒地意识到米夏仍无法原谅她服务纳粹的历史。重逢时刻，米夏最渴望听到的是汉娜对那段纳粹服务史的深刻反省，而汉娜最关注的却是两人的关系。在汉娜看来，光忏悔是没用的：“我怎么想的不重要，死的人已经死了。”所以，当她意识到自己和米夏无法再续前缘时，她选择自杀。电影在处理汉娜自杀的镜头时特意让她踩着书本上吊。

你如何理解这样的安排呢？

有些观众认为，这是表明知识导致她自杀谢罪。应该承认，自主阅读使汉娜从另一个角度重新审视纳粹，尤其是大屠杀罪行，促使她更接近真相，更理解自己的罪过。这也是所有受害者希望看到的结果。但是，要想继续前进，光有外界知识来恢复良知是不够的，比知识更重要的是人心的温暖。如何抵制残酷真相带来的惊骇与痛苦？如果曾经最亲密的人都无法再接纳自己、原谅自己，那别人更不可能宽恕自己。所以，当汉娜意识到米夏已经无法再接纳她的时候，她也就彻底绝望了。因此，深刻反思之后的爱与宽容是背负历史重负的民族健康前行的必要条件。

虽然汉娜死了，但主人公米夏并没有将这段情感与历史的纠葛当成禁区封存起来。他选择打开自己的记忆和心扉，以故事的形式将其叙述出来。叙述，本身就是一种救赎，一种积极面对历史的态度。这正是米夏作为叙述者的意义。

最后，让我们回到小说的标题，德语为 Der Vorleser，英文翻译为 The Reader，中文翻译成“朗读者”。其实，我们可以从“读者”这一更宽泛的概念来阐释。米夏和集中营的部分年轻女囚犯都曾充当过汉娜的朗读者，为她朗读各种作品，汉娜后来自己成长为读者，在狱中读了很多书，她本人则成为米夏一生想要读懂的对象。我们又成为米夏讲述的故事的读者。每一次阅读，都是一次与自我、与他人的双重对话。我们通过叙述故事不断重返历史。重返历史，“不是为了留下，而是为了重新出发”（183）。

《朗读者》德文版、英文版、中文版封面

课后作业与现实反思

角色扮演激发的“平庸的恶”普遍存在。菲利普·津巴多（Philip Zimbardo）主持的斯坦福监狱实验在这一点上为我们提供了触目惊心的研究数据。从心理学角度讲，“平庸的恶”与人类屈服于权威以及从众的普遍心理紧密联系。斯坦利·米尔格兰姆（Stanley Milgram）1963 年做的著名的服从权威实验，以及所罗门·阿希（Solomon Asch）1956 年做的从众实验，可以帮助我们深刻地理解可能导致“平庸的恶”的两种心理原因。

请自己去查阅这三个实验，并针对现实生活中你经历或观察到的某个“平庸的恶”案例，写一份反思报告。

第七章　诗歌之美与诗意之存在

预习题：

1. 请推荐一首让你印象深刻的中国或外国诗歌，并简单说明推荐理由。

2. 你认为可以从哪些方面欣赏诗歌？请列举几个关键词并解释它们的含义。

本章将从三个方面来体会诗歌之美，即意象之美、编排之美、音乐之美。

意象之美

意象往往是将某种复杂的、微妙的主观情感或思想用一个客观的事物、情境来表达。譬如，用火红的玫瑰来表达爱情的热烈，用海枯石烂来表达爱情的坚贞，这是中西方文化共同的意象运用。

请看下面这两首中西爱情诗在意象运用上的异同。第一首是我国汉乐府《上邪》：

上邪

上邪，
我欲与君相知，
长命无绝衰。
山无陵，

江水为竭，
冬雷震震，
夏雨雪，
天地合，
乃敢与君绝！

上面这首诗连用五个意象排比，“山无陵，江水为竭，冬雷震震，夏雨雪，天地合”，它们的共同特点是在那个时代都是不太可能发生的事情，且意象从山水到整个天地，气势磅礴，由此强烈地表达了爱情的坚贞不渝。这正是巧妙运用意象而达到的诗学效果。

再来看看苏格兰诗人罗伯特·彭斯（Robert Burns，1759—1796）的《一朵红红的玫瑰》。这首诗的中英文对照如下，请你划出其中的意象。

A Red，Red Rose	**一朵红红的玫瑰**
O，my luve's like a red，red rose，	呵，我的爱人像一朵红红的玫瑰，
That's newly sprung in June.	六月里迎风初开。
O，my luve's like the melodie，	呵，我的爱人像一首动听的旋律，
That's sweetly play'd in tune.	甜美地演奏起来。
As fair art thou，my bonnie lass，	你是那么美，漂亮的姑娘，
So deep in luve am I;	我爱你那么深切；
And I will luve thee still，my Dear，	亲爱的，我会永远爱你，
Till a'the seas gang dry.	一直到四海枯竭。
Till a'the seas gang dry，my Dear，	亲爱的，直到四海枯竭，
And the rocks melt wi'the sun!	直到太阳把岩石化裂！
I will luve thee still，my Dear，	我会永远爱你，亲爱的，
While the sands o'life shall run.	只要生命的沙漏不绝。
And fare thee still，my only luve，	我唯一的爱人，我向你告别，
And fare thee weel a while!	我和你小别片刻！
And I will come again，my luve，	我一定会回来，亲爱的，
Tho'it were ten thousand miles!	尽管万里相隔！

（邹涛 译）

这首诗中的优美意象包括红红的玫瑰、动听的旋律、四海枯竭、岩石化裂、生命的沙漏。和《上邪》一样，这首诗用了多个与时间相关的意象来表达爱情的生死不渝。其中，“生命的沙漏”是我国读者用得相对少的意象。它借用了沙漏计时的古老方法，沙漏中的沙还在流淌，就意味着时间还在、生命还在。这两首经典的爱情诗都充分利用意象，尤其是时间意象来引发读者对坚贞爱情的向往。可见，意象是诗歌构造和传递美的一种重要手段。

意象利用客观事物来召唤读者一起体验复杂微妙的主观情感与思想。一个好的意象，或一组相关意象，可以制造出一种独特的意境，形成如诗如画的美感。学习外国文学，我们尤其要关注那些与中国文学不同的意象的运用。这可以拓宽我们的美感体验。

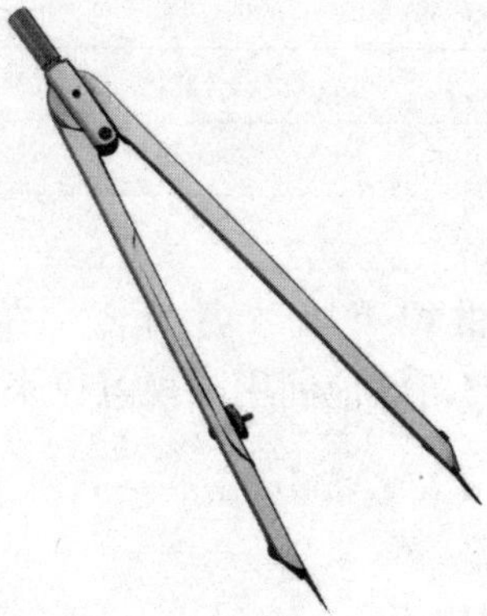

当你看到上面这幅圆规图时，你想起了什么？

____

____

____

____

也许你的第一反应是：它是用来画圆的。没错。你想起的是它的功能。我们看身边的物体时，往往习惯于看到它的功能而忽视了它本身的存在。而艺术家则能帮助我们发现事物本身存在的美。不过，如果我们静下心来，努力用诗意的眼光来观察周边，则会惊奇地发现生活中充满美。现在，让我们来发散一下思维，看看由圆规能联想到什么。在我的课堂上，有同学说想到了规矩——每个社会、每个事情都有自己的规矩；接着，由规矩想到了圆满——按规定的轨迹前进，所以轨迹很圆满。而另外有同学则从规矩想到了束缚，想到了命运。无论你怎样挣扎，也跳不出命运的掌控。在此基础上，有同学进一步发散思维，从命运想到了死亡。人从生下来的那一刻起，就在一步步走向死亡，赤条条而来，又赤条条而去，起点和终点重合在一起。但是，也可以说，死亡也意味着新的轮回，新生命的开始。

大家从规矩出发，乐观地想到了圆满，悲观地想到了束缚和命运，还产生了对死亡的严肃思考。这是一条很好的思路。还有同学说想到了小石子掉进湖里引起的一圈圈涟漪，他话音刚落，马上有同学受到启发，说想到了人外有人，山外有山。

从以上讨论中，我们可以看到，同学们的思维从一个圆跳跃到很多同心圆，这是从平面上进行了很好的拓展，那么，从立体的角度来看呢？请你也进一步提出自己的独到见解，之后再看同学们的讨论对你有何进一步启发。

____

____

____

____

下面，我们看看 17 世纪英国著名的玄学派诗人约翰·但恩（John Donne）的一首别离诗如何巧妙地利用圆规意象来表达爱情。

A Valediction, Forbidden Mourning (excerpt)	**赠别：禁止悲伤** （节选）①
If they be two, they are two so	即便分成两个，它们也好比
As stiff twin compasses are two;	圆规的一双脚紧固相连；
Thy soul, the fixed foot, makes no show,	你的灵魂，那定脚，坚定不移，
To move, but doth, if th'other do.	但另一脚若移动，它也旋转。
And though it in the center sit,	虽然它稳坐在中心，
Yet when the other far doth roam,	但另一个在外远游时，
It leans, and hearkens after it,	它俯身倾听它的足音，
And grows erect, as that comes home.	那一个回家时，它把腰挺直。
Such wilt thou be to me, who must	你对我就将会如此，我必得
Like th'other foot, obliquely run;	像另一个脚，环行奔走；
Thy firmness makes my circle just,	你的坚定使我的圆画得正确，
And makes me end where I begun.	使我回到起始之处结束。

诗人将在家的妻子比作圆心脚，将自己的远去他乡比作圆周脚的漫游。正是因为妻子的坚定不移为他提供了温暖的港湾，使他相信自己在远游后

① 但恩．英国玄学诗鼻祖约翰·但恩诗集．傅浩，译．北京：北京十月文艺出版社，2006.

会重返家园。

普通的圆规原来可以拥有这般诗意。让我们努力培养一颗诗意的心灵，一双善于发现美的眼睛，这样，我们就获得了一种诗意的存在。

意象派：《在地铁车站》

西方的意象派诗歌尤为强调意象的巧妙利用。我们下面以意象派诗歌领袖埃兹拉·庞德（Ezra Pound）的《在地铁车站》为例来说明。

In a Station of the Metro

The apparition of these faces in the crowd;
Petals on a wet, black bough.

先简单解释几个词的意思。Metro 表示地铁；apparition 指鬼魅般的身影，或者指某种东西突然出现；petals 表示花瓣；bough 指树枝。请想象一下这首诗描写的情境。在我的课堂上，有同学说他想到了在车站等车或等人时，突然在人群中见到熟悉的面孔，类似于“众里寻他千百度，蓦然回首，那人却在灯火阑珊处”的惊喜之感。有同学在此基础上进一步抽象化，说他感觉到人生的某种由灰暗转光明，“柳暗花明又一村”的感觉。还有同学从技术的角度认为这首诗有很强的摄影感，就好像模糊虚化的背景和聚焦之物的关系，又像从远镜头到近镜头的变化。马上有同学接着进一步发挥，认为这是“我的眼里只有 TA”的状态。这些观点真是给人耳目一新之感。那么，诗人自己又作何解释呢？庞德说，他有一次正从巴黎的地铁车站往外走，突然看到人群中一张美丽的面孔，接着，一张一张美丽的面孔不时出现。为了表达出这一瞬间的美妙情感，他绞尽脑汁，写出了一首三十行的诗。半年以后，他将其缩短了一半。一年以后，最终浓缩成我们刚刚看到的这两句。因这首诗是意象派的代表作，汉译版本众多，我们不妨通过欣赏不同的译本体会不同的解读效果。

人群中，这些面孔的鬼影；
潮湿的黑树枝上的花瓣。（余光中）

人潮中这些面容的忽现；
湿巴巴的黑树丫上的花瓣。（罗池）

出现在人群里这一张张面孔；
湿的黑树枝上的一片片花瓣。（张子清）

余光中先生译文中的“鬼影”一词，是否让你产生一种哥特式的体验呢？第二个版本中的“人潮中”这个用词很好，展现了地铁车站的人群朝前快速流动的状态。而且这个“潮”和后面的“湿”在语义上呼应。但“湿巴巴”三个字过于口语化，减少了美感。张子清先生的译文将面孔与花瓣对应，突显了本体与喻体的关系。但“出现”一词感觉力量偏轻了一点。借鉴上述译文的一些优点，我自己尝试翻译如下：在人潮中闪现的张张俊脸，水润黑枝上的花瓣数点。

这样翻译是为了强化脸和花瓣之间的对应关系。此外，将湿翻译成水润则是想突出脸的美丽水灵和带水的花瓣之间的轻灵之感。

请你根据自己的阅读体验尝试新的翻译。

意象派与东方艺术

庞德深受东方诗歌艺术的影响。他的《在地铁车站》最终模仿的是日本的俳谐、俳句。它们往往只有两三诗行，表现作者刹那的感受，是世界上最短的格律诗之一。

请大家先看这两幅图。一只雪地上的猫，以及它留下的足迹。你能根据这两幅图创作一两句诗吗？

我们看看庞德译成英文的两组俳句：

The footsteps of the cat upon the snow，are like plum-blossoms.

雪面上猫的足迹，好似梅花朵朵。

用梅花来形容雪地上猫的脚印，使得原本普通的脚印意象突然增添了浓浓的诗意。

下面我们自己来尝试一下。请看下面这一句：

Fallen flower returning to the branch（落花重返枝头）

请你充分发挥想象力，接一句来组成一首日俳。课堂上，学生往往顺势这样接：落花重返枝头，光阴倒流。或这样接：落花重返枝头，伊人重上心头。或者逆向这样接：落花重返枝头，青春一去不复返。

你还有新颖的接法吗？

我们来看看庞德翻译的日俳表达：

Fallen flower returning to the branch;　　落花重返枝头；
Behold! It is a butterfly.　　瞧！它是一只蝴蝶。

大家看到这样的写法，是不是有种猜谜语或者脑筋急转弯的惊奇感觉？和前面的“雪面上猫的足迹，好似梅花朵朵”的写法一样，将两个看似不相关联的意象或情境联系在一起，中心意象最后出现，诗意突然而至，似乎更符合东方的含蓄美。更为关键的是，这样的诗意表达为我们建构了一种全新的审美体验。在这之前，我即使看到蝴蝶停在花上或树上，也从没将它和落花重返枝头的意境联系起来。而读了这首诗后，我眼中的蝴蝶多了一份别样的诗意。

庞德代表的意象派不仅借鉴了日本的俳句艺术，也从中国古诗中获取了很多灵感。我们来看看马致远的《天净沙·秋思》：

枯藤老树昏鸦，
小桥流水人家，
古道西风瘦马。

夕阳西下，
断肠人在天涯。

这首诗的意象运用有何特点？

前面四句话都由客观事物组成的意象叠加而成，没有主观抒情之语，也不用逻辑连接词，寥寥数笔却勾画出一幅悲情四溢的“游子思归图”。最后一句“断肠人”这一带有明显主观情绪的意象则将全诗推向情感的高潮，让人有怆然泪下之感。此外，这些意象的排列顺序产生很强的视觉感，从近镜头到远镜头，模糊虚化的背景和聚焦之物交替出现。

庞德的意象派创作正是借鉴了中日古典诗歌的意象叠加和语法并置的做法。他的《在地铁车站》中，两句诗没有任何明显表达主观情绪的词语，只是将两个意象叠加在一起。此外，根据英文文法，这两句之间应该至少加两个词“is like”。但是，他省略了这两个词，和中文语法并置的特征相契合。

庞德曾经说：“It is better to present one image in a lifetime than to produce voluminous works.”意思是说：“人在一生中展现一个意象胜过写数卷书。”艾略特也曾说：“用艺术形式表现情感的唯一方法是寻找一个‘客观对应物’。换句话说，是用一系列实物、场景、一连串事件来表现某种特定的情感；要做到最终形式必然是感觉经验的外部事实一旦出现，便能立刻唤起那种情感。”①

编排之美

诗歌的编排指一首诗整体的排列方式。有的诗结构方正，体现出一种工整对称之美；有的诗长短交替，体现出一种参差交错之美；有的诗在外形上模拟某种几何形状，如圆形、菱形、扇形、S形、阶梯形等，如苏联最有影响的革命诗人马雅可夫斯基（1893—1930）独创的阶梯式诗歌。如果这些形状和中心意象或者主旨相呼应，则能表达出一种拟态逼真、神形兼备之美。有的诗以更加隐晦的排列方式表达意义，如藏头诗、回形诗等，

① 王恩衷，编译．艾略特诗学文集．北京：国际文化出版公司，1989：13.

形成明暗呼应或明暗对比之美。我们简单举一个例子来初步体会编排之美。下面是美国诗人威廉·卡洛斯·威廉斯（William Carlos Williams，1883—1963）的《红色手推车》。

The Red Wheelbarrow

so much depends
upon

a red wheel
barrow

glazed with rain
water

beside the white
chickens

这首诗按照三个字和一个字长短交替排列，右边形成一种 Z 字形状，可以模拟手推车在乡间小路上的颠簸曲折行进，既有参差交错之美，又有拟态逼真、神形兼备之美。

下面，我们将以爱德华·埃斯特林·卡明斯（Edward Estlin Cummings，1894—1962）的一首诗《L(a》来更加仔细地体会诗歌的编排之美。

L(a
le
af
fa
ll
s)
one
l
iness

你发现这首诗的字面意义了吗？如果把这首诗从纵向排列变成横向排列，你发现了什么奥秘吗？括号里面可组成一个短句：a leaf falls，意思是一片叶子落下来。如果将括号外的内容连接起来，它们组成了另一个字 loneliness，意思是孤单。综合起来，这首诗用了一个中心意象即一片叶子的飘落，来表达孤单的感觉。

但是，诗人为什么要将内容如此排列呢？你是否感觉到，当它一行行呈现时，如同树叶掉落的过程呢？让我们仔细体会这个排列的巧妙之处。下面的解读来自我在课堂上和同学们相互启发而得到的有趣阐释。

L(a　从形状上可以理解为模拟树叶从枝干上脱离。

le　可模拟 loneliness 这个单词首字母 l 的发音。

af

fa　两个字母和上一排“af”的排列顺序颠倒，可以理解为模拟叶子在空中的翻飞。

ll　两个小写的 l，在形状上可看作叶子掉光后光秃秃的树干，也可以是两条不相交的平行线。

s)　也可以想象成叶子在风中再次翻飞。

one　表示一，突显一个人的形单影只。

l　字母最少，和阿拉伯数字 1 相似，与上一行的 one 呼应，强化孤单主题。

iness　字母数字最多，显得最长，模拟了树叶触地之时从直立到横躺的状态。

整首诗的形状组成一个大写的 L，也就是 loneliness 这个单词的首字母。

此外，括号的运用使语义进一步阻隔，增强交流不顺畅的感觉，而单词的拆分使得整首诗无法读出来，因为即使读出来也只给人以毫无意义的胡言乱语之感，形象地传达了分离造成的难以言传的孤独。

以上是我们的阐释。期待着你的进一步补充。我想，你现在一定惊叹于这首诗因独特的形式编排而产生的美感了吧。看似简单、普通的语言与意象，打破其常规排列，竟然可以产生如此精妙的审美效果。所以，如画的意境，不仅可以来自意象的塑造，还可以来源于编排之美。

你能否挑选几片落叶，根据其形状配上一首小诗，寄给自己思念的人呢？

____

____

____

____

音乐之美：押韵、节奏与拟声

我们汉语的“诗歌”两个字充分体现了该文体的音乐特性，即诗是用来歌唱的。我们的《诗经》、汉乐府都典型地体现了诗与歌的合体。外国的诗歌也一样。我们在一些晚会结束时经常听到《友谊地久天长》这首歌，它的歌词源自罗伯特·彭斯的诗 *Auld Lang Syne*，原文是苏格兰方言，写成标准英语是 old long since，字面意思为“逝去已久的时光”。这首诗的基础来自彭斯到民间采风，听乡亲吟唱的民谣。也就是说，这首诗本来就是拿来唱的。现在，每当公历新年钟声敲响的时刻，很多国家的人会唱起这首诗的各种歌曲版本。

诗歌的音乐性体现在哪些方面呢？也许你首先想到的是押韵。那么，你能对押韵下一个定义吗？押韵的本质是指相同或相似的声音的重复，其中一些重复往往有固定的间隔。为什么声音的重复能带来美的享受呢？我们不是很讨厌父母的重复唠叨吗？不是很讨厌闹钟重复的嘀嗒声吗？诗歌的声音重复之美有什么深刻的根源吗？我在此谈谈自己的理解。诗歌声音的重复不同于情绪化的唠叨或机械化的单调声音，它可以产生朗朗上口、缭绕萦回、不绝于耳的音乐效果。而这种朗朗上口、缭绕萦回、不绝于耳的音乐效果便于记忆，便于人类文化的传承，这在没有文字的时代更是如此。

押韵有哪些基本类型呢？我们最熟悉的往往是每行结尾的词押韵。但事实上，一行诗句的内部也可以押韵。在英语中，常常分为头韵、腹韵和尾韵。头韵指词首声音的重复，腹韵指重读元音的重复，尾韵则指词的重读元音及其后面的辅音相同。汉语其实也有类似的情况。譬如，“琵琶”这个词语中的两个字开头声音相同，在汉语中称为“双声”，相当于英语中的头韵；“栏杆”这个词语中的韵母相同，我们称为“叠韵”，相当于英语中的腹韵。不过，汉字的音素组合很有规律，一个汉字就是一个音节，每个音节基本都是辅音（声母）在前，元音（韵母）在后，只有极少数例外，如可以加在元音后面的 n（舌尖鼻音）、ng（舌根鼻音）以及儿化音。在这一意义上，“栏杆”亦可看作英语中的尾韵。

诗歌的音乐性还体现在节奏上。相同或相似的声音有规律地出现，会形成一种节奏感，类似于音乐中的鼓点。在英语诗歌中，节奏更多体现在轻重音节的搭配以及搭配的数量上，这和汉语诗歌中所说的平仄搭配相类似。总体而言，诗歌节奏指声音的规律性的变化，包括重复、强弱、高低、长短等方面。节奏的分析比较复杂，专业术语过多，感兴趣的同学可自己进一步学习。

除了押韵、节奏以外，诗歌音乐美还体现在拟声上，而这一点恰恰容易被人忽略。汉语诗歌中有很多使用拟声词之处。譬如，在《诗经》中：

关关雎鸠，在河之洲。(《周南·关雎》)

伐木丁丁，鸟鸣嘤嘤。(《小雅·伐木》)

南山烈烈，飘风弗弗。(《小雅·蓼莪》)

拟声如何定义？有同学说，拟声可以理解成对自然界声音的模拟。你同意这一观点吗？如果是这样，那全世界的拟声词发声是否基本相同呢？我们来看下面这本童书封面。

封面上英文写着 Buzzy Bee，中文翻译成“小蜜蜂嗡嗡嗡”。在英文中，模拟小蜜蜂叫声的词是 buzz，buzz 和我们用来拟声的“嗡嗡”有着截然不同的发音。难道美国的蜜蜂和中国的蜜蜂叫声完全不同吗？肯定不是如此。尽管物种可能有所不同，但各种语言的拟声词更多受该语言发音体系的限制。所以，拟声不能简单理解为对自然界声音的模拟，它也并不是世界通用的。那么，如何给拟声下定义呢？在我看来，它是指用声音对意义做的模拟。譬如，我们用嗡嗡来指蜜蜂的声音，或者直接用嗡嗡指代蜜蜂。

既然拟声是指声音对意义的模拟，那么我们可将拟声放在语言声音的基本单位这一层面来考察拟声效果。英语语音的基本单位是元音和辅音。请看下面四排英语辅音。

爆破音：[p] [b] [t] [d] [k] [g]

塞擦音：[ʧ] [ʤ]（charge，Jade）

摩擦音和送气音：[f] [v] [h] [s] [ʃ]

流音和鼻音：[l] [r] [n] [ŋ] [m]

它们从上至下气势不断减弱，对应在语义上，往往体现出由刚到柔的转变。[p] [b] [t] [d] [k] [g] 这几个爆破音常用来模拟力量和速度，而最后一排的流音和鼻音常用来表示阴柔、低沉。再来看元音。

[ɔ] [æ]

[ɑː] [ɔː] [au]

[e] [ʌ] [i] [u]

[iː] [uː]

从第一排到最后一排，上述元音的气势和力量不断减弱，在语义上也是由刚转柔。我们不妨举几个词来综合体会元音和辅音的拟声效果。如Bomb，rock，crack，dash 这些词的辅音和元音相对都很有力量感，而 flee，see，woo，blue，bloom 这些词的发音整体都比较阴柔，它们的发音与意义高度契合。

请你举出更多的词语来细细领会，为后面更好地品味诗歌的音乐之美打下基础。

____

____

____

____

我相信，在学外语时，多注意从语音和语义的关联性来思考，你的语感一定会提升得更快。譬如，在写英语作文考虑用什么词，或者在阅读理解、选择填空时，你可以从单词的语音特点判断哪个词更适合要表达的语义。记住，声音是意义的回声。所以，你在学习外语的时候，一定要大声读出来，这样才能体会到语言的音乐之美，以及音义应和之美。

音乐之美：《鹰》

下面我们将以英国著名诗人阿尔弗雷德·丁尼生（Alfred Tennyson，1809—1892）的一首诗《鹰》为例，来细致体会英语诗歌的音乐之美。丁尼生被誉为“文字音乐家”。他的这首诗完美诠释了声音与意义之间的呼应。让我们先来看看原诗的内容和郭沫若先生的译文 。

丁尼生

The Eagle	**鹰**
He clasps the crag with crooked hands,	扭曲的鹰爪扣紧山岩，
Close to the sun in lonely lands,	头接孤峰上的太阳，
Ringed with the azure world, he stands.	身披如洗的蓝天。
The wrinkled sea beneath him crawls,	脚下苍海绽微澜，
He watches from his mountain walls,	傲立峰头闲看，
And like a thunderbolt he falls.	划然落，却似雷霆下九天。

（郭沫若 译）

你找到这首诗的尾韵了吗？我们前面提到，尾韵指词的重读元音及其后面的辅音相同。这首诗有两个明显的尾韵，即前面三句押［ændz］，后三句押［ɔːls］。比较起来，［ændz］的节奏更快，更有力量和速度感，后三句的尾韵［ɔːls］中的长元音以及流音和送气音减弱了气势，制造了相对舒缓的效果。

除了尾韵，请你再看看这首诗中还有哪些声音重复出现。

____

____

____

____

第一句“He clasps the crag with crooked hands”的音乐效果非常突出。

第一个明显重复的声音是［æ］，clasps，crag，hands 这几个词押腹韵。你是否感觉到，［æ］发音短促有力，发［k］的时候脸部肌肉有明显的紧绷感？第二个重复多的音是［k］，claps，crag，crooked，押头韵。当你连续发［k］这个音的时候，可以想象成它模拟的是鹰爪扣击悬崖时的声音。此外，第一行除了［k］，还有［p］［g］［t］多个爆破音。所以，这首诗开篇重复使用短促而有力的元音［æ］，刚硬的爆破音［k］［p］［g］［t］，突显了力量与速度，塑造出坚硬、威猛的形象，很好地诠释了声音与意义呼应的美学效果。

再来看第二句“Close to the sun in lonely lands”。Close 和 lonely 这两个词押腹韵，lonely lands 这两个词押头韵。这一句重复最多的音是［l］［n］。它们属于辅音中相对阴柔的流音和鼻音。此外，第二句的腹韵［əu］是个比较舒缓的双元音。所以，总体而言，第二句和第一句的发音形成了鲜明的对照。从语义上来看，第一句的刚硬、威猛形象在第二句突然转为孤独的英雄形象。语音上的对照和语义上的转折相互呼应。

再来看第三句“Ringed with the azure world，he stands”。Ringed 和 with 押腹韵［i］，azure 和 stands 押腹韵［æ］。此外，用得较多的辅音既有爆破音［d］，也有流音［r］。所以，无论是元音还是辅音，第三行都给人以刚柔相济的感觉。

第二节的第一句“The wrinkled sea beneath him crawls”也非常有特色。腹韵包括短元音［i］和长元音［iː］，给人以舒缓拖曳之感。如果快速读两遍这句话 The wrinkled sea beneath him crawls，The wrinkled sea beneath him crawls，你会发现，你的舌头在绕来绕去，有绕口令的感觉。这个绕来绕去的感觉是由较多的［r］［l］和鼻音［ŋ］［n］［m］夹杂出现造成的。而舌头这种绕来绕去的发音状态本身也很好地模拟了这句话所表达的海水波浪起伏的样子。

这一句为什么要用起皱纹、爬行这样的字眼，以及用柔和舒缓的声音来描述大海呢？因为这样可以反衬鹰的伟岸。它高高在上，海水在它的眼里如同蚯蚓一般匍匐前进而已。同时，这说明第一节和第二节的视角发生了变化。第一节是人仰视鹰，第二节则是鹰俯视世界。

再来看最后两行。“He watches from his mountain walls，And like a thunderbolt he falls”。倒数第二行洪亮的元音比例增多，watches，mountain 在前一行的基础上进行了语音提升，这种提升和强化在最后一行的前半部分达到了顶峰。最后一行的前半部分“And like a thunderbolt”频繁使用爆破音，呼应霹雳的语义。可是，最后两个字 he falls 的发音气势急转直下，带来语义的多重解读。在你看来，鹰的落下意味着什么呢？有同学说，鹰下去捕猎，用 falls 一词表达出鹰的从容，表明它在捕猎时不仅有速度，也有从容不迫。还有同学指出，有些鹰在将死之前选择做自由落体运动结束自己的生命，结尾处是对这种保持生命尊严方式的致敬。甚至有同学说，它也许是被雷电击中了，这样的意外和中文词“晴天霹雳”表达的意思很类似，暗示生命的无常，或英年早逝。这使我想到，作者丁尼生确实有一位好朋友亚瑟·哈拉姆（Arthur H. Hallam，1811—1833）英年早逝，诗中最后的转折似乎可以解释为对英雄陨落的叹息和悼念。

你同意哪一种解释呢？或者你还有什么新的见解？期待你的分享。

诗歌小结与习作分享

现在，我们来总结和回忆一下诗歌三美。我们讲了意象之美。意象是用一个客观的事物或情境来表达某种复杂的、微妙的主观情感或思想，如我们提到的圆规意象，以及意象派的《在地铁车站》。我们接下来讲到了编排之美。编排指一首诗整体的排列方式、外形结构，它可以是模拟某种几何图形和事物外形，也可以独具一格地打破惯常语言表达顺序，如我们提到的卡明斯的《L(a》一样，创造独特的神形兼备之美。最后，我们讲到了音乐之美，并从押韵、节奏和拟声三个方面进行了解释。押韵的本质是相同或相似的声音的重复，它包括头韵、腹韵和尾韵；节奏来源于声音的规律性的变化，如间歇性的重复、强弱、高低、长短方面的变化。而拟声则是指声音对意义的模拟。

诗歌三美可以进一步总结为声与形两个方面。声之美，可以用如歌来形容。形之美，可以用如画来形容。如画的效果，可以通过意象的运用以及对内容的排列来实现。总体而言，神形兼备、音义相应代表诗歌的美妙境界。

下面，我们来一起欣赏学生诗歌习作两首。第一首描写的是银杏。

校园银杏

吕玉馨　赵若辰　王丹墀

啊，银杏，
就像金色的蝴蝶，
从十一月的秋日，
落进我的心里，
萦绕，停驻。
像孩子欢乐的舞蹈，
像少女明媚的笑眼，
像老人一生灿烂的故事。

用金色的蝴蝶这个意象来比喻银杏叶，立刻产生一种灵动的诗意。紧接着，“从十一月的秋日，落进我的心里”这两句打破了时空的界限，将记忆中的银杏叶召唤到眼前，将瞬间之美定格成一种永恒的当下。随后，“萦绕，停驻”这两个词突然打破了原来的节奏感，在编排上也形成一种参差之美。它们让人产生一种落入心中的银杏叶在眼前飘飞的画面感。读者沉浸在这份诗意的画面中，纷繁的思绪也因此暂停。在这一意义上，如果能把“萦绕，停驻”这两个词分开成两行，那么让时间暂停、让节奏缓慢的效果会更加突出。最后的三个意象构成一条生命时间的发展链条，给人以乐观而圆满的感觉。

再看第二首。

无题

杨宏宇

想生一个女儿，培育成和你一样。
这样，不久的将来，
又会有一个男孩，像我一样地幸运。

这首诗初看非常直白。但是，在相互点评时，有位同学指出，这首诗的编排独具匠心。第一行一共十三个字，第二行七个字，第三行十四个字。第一行和第三行在字数上用了谐音，表达的是一生一世。而第二行七个字代表每一天，因为一周有七天。由此可见，编排之美不一定要从形状上入手，还可以从字数上来巧妙设置。

现在，你是否对诗歌意象设置也产生了跃跃欲试的感觉呢？

课后作业与现实反思

1. 请清点你生活中存在的美（包括人、事物、场景等），列一个清单出来，并思考自己是否常对其熟视无睹。

2. 请你遵照诗歌三美原则，任选一项你针对上题提供的美之清单中的人、事物或场景来作一首诗。

第八章　《哈姆莱特》

悲剧的特征与功能

预习题：

1. 请回忆你人生中感觉最具悲剧性的瞬间。你当时的心情是怎样的？与之相比，现在回忆时的心情是否有变化？该事件对你有何意义？

____

____

____

____

2. 你了解哪些悲剧作品？你能否从中总结出一些悲剧的基本特征？

____

____

____

____

3. 悲剧看了往往使人难过，为何它成了人们喜爱的一种艺术？

____

____

____

____

戏剧基本知识引入

本章将探讨戏剧尤其是悲剧这一文学体裁。戏剧是一种很古老的文学艺术形式。下面这幅图展现的是著名的古希腊埃比道拉斯剧场。

它建于公元前 4 世纪，1881 年在伯罗奔尼撒半岛地下被发现和挖掘出来。它拥有一个希腊圆形剧场经典的半圆形外形，有 34 排大理石制座位，后来罗马人又增加了 21 排，可以容纳将近 1.5 万名观众。这个剧场有着几

古希腊埃比道拉斯剧场

乎完美的声学效果，站在露天舞台中间的表演者的声音在大约 60 米之外的最后一排也能被听到。建筑学家和考古学家一直在研究其优异声学效果的原因。不管怎样，我们可由此体会到古代人对戏剧艺术的高度重视与精心钻研。

戏剧感，尤其是悲剧意识和我们的日常生活有何关联呢？让我们先来看看网络上的两幅图，它们以戏谑的口吻来呈现人生的悲剧性。

人 生 就 是 一 个 杯 具 接 一 个 杯 具

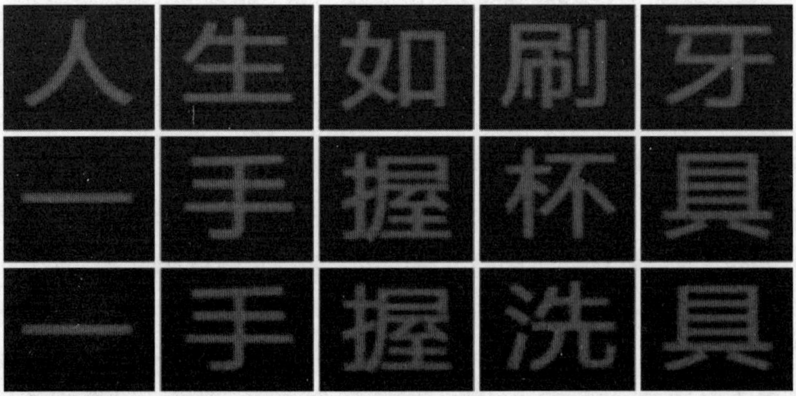

第一幅图用人生不同阶段的代表性的饮用（使用）容器来表示人生走向死亡的悲剧历程，并且用谐音来说明人生是一个杯具（悲剧）接一个杯具（悲剧）。第二幅图依然是利用谐音和普通的生活场景来表达人生的戏剧性：人生如刷牙，一手握杯具（悲剧），一手握洗具（喜剧）。

我们在中学语文课上学过不少悲剧作品，如《窦娥冤》《雷雨》等。我们不妨以有“中国的莎士比亚”之称的曹禺先生的《雷雨》为例。该剧聚焦于8个人在短短1天内的冲突，这一天的冲突包含了两个家庭长达30年的恩怨。矛盾在多个层面同时展开，包括封建资本家周朴园和他以前的女仆兼旧情人鲁侍萍之间的情感冲突，周朴园和他并不知晓的儿子、煤矿工人鲁大海之间的劳资冲突，周朴园的大儿子周萍和继母蘩漪以及鲁侍萍的女儿四凤之间的情感纠葛，等等。小说最后以家破人亡而告终，周萍、周冲、四凤三个人几乎同时死去。这种高度集中的矛盾和毁灭性的结局，正是悲剧的重要特征。我们下面通过经典定义来进一步体会悲剧的基本特征。

西方关于悲剧的经典定义来源于亚里士多德。他在《诗学》一书中说，悲剧是对一个严肃、完整、有一定长度的行动的模仿。它的语言充满艺术色彩，它的展现形式是表演而非叙述，它通过释放怜悯与恐惧来使这类感情得到净化。① 这个定义强调了悲剧中所描述的事件的严肃性和完整性，语言的诗意化，展现形式的舞台化，以及通过情感宣泄而达到心灵净化的美学效果。在中国，鲁迅先生的定义流传很广。他在《再论雷峰塔的倒掉》一文中指出：“悲剧将人生的有价值的东西毁灭给人看，喜剧将那无价值的撕破给人看。”了解了悲剧的基本概念，让我们思考以下重要问题：人类为何喜欢悲剧这种文学形式？它的功能何在？

悲剧的功能

在戏剧发展史上，悲剧的地位往往高于喜剧。人类为何如此重视悲剧艺术呢？让我们先探讨一下悲剧有哪些重要功能。悲剧的第一个重要功能是情感方面的。根据亚里士多德的定义，悲剧通过释放怜悯与恐惧来使这类感情得到净化。不过，亚里士多德的老师柏拉图则认为悲剧激发的这些情绪是危险的，不仅不能解决问题，反而可能带来危险。

你是同意柏拉图的观点还是同意亚里士多德的观点呢？或者，你有自

---

① 亚里士多德．诗学．陈中梅，译注．北京：商务印书馆，1996：63.

己的不同见解？请写下你的思考。

在我看来，文学作品激发观众或读者的强烈情绪并直接影响其现实行动完全是可能的。但总体上我更赞同亚里士多德的观点。因为，悲剧让观众和读者在安全的范围内体验灾难、吸取教训。我们不必亲身经历主人公所受的大灾难大悲痛，却通过情感的释放和认知的提升，从悲剧中吸取教训，以尽可能减少类似悲剧在现实中的发生。

悲剧的第二个重要功能是寻找替罪羊，以放下欲望的包袱。很多著名悲剧往往关乎人类社会的较为普遍的禁忌。这些禁忌形成的重要原因之一是它们阻碍人类社会的健康发展。它们是一些不当的欲望，必须加以禁止。

第一种禁忌是杀父娶母等乱伦现象。我们知道，近亲结婚容易生育畸形的后代，在遗传上不利于人类的发展，所以成为人类社会的普遍禁忌。《俄狄浦斯王》《雷雨》这两个悲剧通过对乱伦者的惩罚来对乱伦现象进行严厉的批判。第二种禁忌是犯上杀君。犯上杀君不仅威胁统治者，也会迫使各种力量卷入其中，容易造成严重的社会动荡，因此成为人类的另一大禁忌。典型作品如莎士比亚的《麦克白》。第三种禁忌是杀婴。我们有句俗语说：虎毒不食子。杀死自己的孩子违背种群延续的基本要求，所以自然成为另一种普遍的禁忌。典型作品如古希腊著名的悲剧《美狄亚》。第四种禁忌是对死者不敬。尊敬死者是维系族群文化传承的重要保障，对死者的不敬容易造成和传统的割裂，同样不利于人类社会向前发展。典型作品如古希腊著名的悲剧《安提戈涅》。

除了这四种禁忌，你还能想到其他哪些禁忌吗？

禁忌代表人类在发展过程中曾经犯下的罪或内心不当的欲望，而悲剧的魅力之一正在于展现人类抵制这些欲望的过程中所展现的巨大张力。为了帮助人类摆脱这些罪或者欲望的包袱，悲剧努力寻找出一些替罪羊。充当替罪羊的往往是某种人类自身无法控制的力量，譬如命运、神意、社会、本能等。此外，性格缺陷也常常成为归罪的对象。要注意的是，人物的性格缺陷往往代表人类的某些共同缺陷，如妒忌、仇恨、贪心、虚荣等。代表作品如莎士比亚的《奥赛罗》《李尔王》。叔本华曾区分出三种悲剧类型：第一种是“某一剧中人异乎寻常的，发挥尽致的恶毒，这时，这角色就是肇祸人”，我们可将其归结为性格型替罪羊；第二种是出于“偶然和错误”，是由“盲目的命运”造成的，我们可将其归结为命运型替罪羊；第三种是“由于剧中人彼此的地位不同，由他们的关系造成的；……他们处于相互对立的地位，他们为这种地位所迫，明明知道、明明看到却互为对方制造灾祸，同时还不能说单是哪一方面不对”①，我们可将其归结为社会型替罪羊。

悲剧的第三个重要功能是以艺术超越灾难带来的痛苦。悲剧通过赋予暴力、灾难、毁灭、失去、痛苦等以尊严和价值，以艺术战胜人生的悲剧性，使生命的痛苦转化为审美带来的崇高感、愉悦感。尼采指出，悲剧可以彰显生命的价值。我国学者朱光潜先生进一步发展和完善了悲剧观。他指出：“严格来说，叔本华说‘只有表现巨大的痛苦才是悲剧’，并不符合实际情形。……对悲剧来说紧要的不仅是巨大的痛苦，还有对待痛苦的方式。没有对灾难的反抗，也就没有悲剧。引起我们快感的不是灾难，而是反抗。”② 确实，当悲剧主人公在面对死亡、大灾难、大悲痛之时，如能对自己曾经的错误产生清醒的认识，并由此做出有尊严的反抗性的选择，那么此时的他最能体现人的价值。观众和读者也容易因此而反躬自省，珍惜当下拥有的，并获得超越灾难的勇气和力量。

除了以上提到的三点，你还能想到悲剧的哪些功能？

中西悲剧之争

朱光潜在《悲剧心理学》中指出：“戏剧在中国几乎就是喜剧的同义词。中国的剧作家总是喜欢善得善报、恶得恶报的大团圆结尾。”③ 事实上，

① 叔本华．作为意志和表象的世界．石冲白，译．北京：商务印书馆，1982：352.

② 朱光潜．悲剧心理学．张隆溪，译．北京：人民文学出版社，1983：206.

③ 同②：218.

不少学者根据西方的悲剧观判断，认为中国文学史上没有真正的悲剧，进而认为中国人缺乏悲剧意识。而另外一些学者并不同意此观点，由此引来中西悲剧之争。下面我们将对中西悲剧做简单比较，观点主要借鉴我国比较文学界著名学者曹顺庆先生的相关论述。[①] 先从悲剧意识说起。叔本华指出："悲剧的真正意义是一种深刻的认识，认识到悲剧主角所赎的不是他个人特有的罪，而是原罪，亦即生存本身之罪。"[②] 为何是生存本身之罪呢？因为"在欲求已经获得的对象中，没有一个能够提供持久的、不再衰退的满足，而是这种获得的对象永远只是像丢给乞丐的施舍一样，今天维系了乞丐的生命，以便在明天又延长他的痛苦。——因为这个缘故，所以说如果我们的意识还是为我们的意志所充满，如果我们还是听从愿望的摆布，加上愿望中不断的期待和恐惧，如果我们还是欲求的主体，那么，我们就永远得不到持久的幸福，也得不到安宁"[③]。中国思想其实有类似的表达。老子指出："吾所以有大患者，为吾有身。"面对因身体欲求而导致的生存之罪，解脱之路在哪里呢？皈依佛教的叔本华提出两种解脱之道：一种是根本的解脱，通过佛教涅槃，达到绝对的忘我，达到对意志的绝对否定；另一种是暂时的解脱，通过哲学沉思、道德同情、艺术上对美的观照（即消除物我差别，达到物我合一而忘我），达到暂时的意志否定。而道家主张："忘乎物，忘乎天，其名为忘己。忘己之人，是之谓入于天。"（《庄子·天地》）这强调的是一种更加长久的与天合一、与天同寿从而超越生死的解脱之道。

在悲剧精神层面，西方化恐惧、痛苦为艺术美，从血淋淋的苦难中让艺术之花扬葩吐艳，重在一种由恐惧而来的崇高感，悲得壮烈。在中国，悲剧精神有两种不同来源和表现。一种由孔子代表的儒家思想而来，重在人伦教化，让深重的苦难得到回报，从而化悲痛为行动的力量。儒家的悲剧精神催生了中国古代悲剧的两种基本类型。第一种为善有善报、恶有恶报式，典型作品如《窦娥冤》。第二种为精忠义士式，代表作为《赵氏孤儿》。另一种悲剧精神源自庄子代表的道家思想，重在看透人生而达到物我两忘的空灵解脱，悲得旷达。这种悲剧精神催生的悲剧类型表现为看破红尘、解脱人生式，典型作品如《桃花扇》。小说《红楼梦》则可谓儒家与道

① 曹顺庆．庄子与叔本华生命悲剧意识比较．中国比较文学，1996（1）：29－41.

② 叔本华．作为意志和表象的世界．石冲白，译．北京：商务印书馆，1982：352.

③ 同②：273.

家的悲剧精神的综合体。由此看来，我们不能简单套用西方的理论来研究中国文学。那些解释不通的地方，往往正是文化异质性的表现。

《哈姆莱特》作品简介

《哈姆莱特》是莎士比亚四大悲剧之一，它语言优美，创造性地使用富有哲理的长段独白，主人公的性格复杂深邃，在主题上体现出对人文主义的深刻反思。

美国普林斯顿大学曾经调查世界前100名最具影响力的文学和传说人物，哈姆莱特排名第一。它在西方世界几乎是家喻户晓，在全世界舞台被广泛地演出，并被拍成各种电影。2006年上映的冯小刚导演的电影《夜宴》正是《哈姆莱特》的中国版本。

《哈姆莱特》写于1601年，当时的英国统治者伊丽莎白女王一世已年近七旬，她终身未婚，皇室的继承问题成为全国上下都非常焦虑的事情。此外，欧洲盛行的人文主义正走向衰落，原有的价值体系开始动摇。正是在这样的背景下，莎士比亚写出《哈姆莱特》。

该剧的主要人物有丹麦王子哈姆莱特、新国王克劳狄斯（哈姆莱特的叔叔）、王后乔特鲁德（哈姆莱特的母亲）、奥菲莉娅（哈姆莱特的恋人）、大臣波洛涅斯（奥菲莉娅的父亲）、雷欧提斯（奥菲莉娅的哥哥）和霍拉旭（哈姆莱特的好朋友）。

本尼迪克特·康伯巴奇主演的《哈姆莱特》舞台剧剧照

故事梗概：

正在德国留学的丹麦王子哈姆莱特突然接到父王的死讯，匆匆赶回来奔丧。让他惊愕万分的不只是父亲的突然死亡，还有母亲和叔叔——新国王克劳狄斯的闪婚。此外，还发生了一件诡异的事情，他的好朋友霍拉旭发现一个外表酷似先王老哈姆莱特的鬼魂在半夜数次出现。于是哈姆莱特不顾危险去见这个鬼魂，在他们单独相处时，鬼魂说出了老国王被新国王毒死的可怕秘密。为了验证这个可怕的秘密，并且保护自己，哈姆莱特在众人面前装疯。

有一天，一个戏班子到来，哈姆莱特让戏班子演出一个类似于鬼魂所说的毒杀国王的故事，并邀请新国王夫妇前来观看。在看到毒杀国王这一幕的时候，新国王克劳狄斯惊吓得站了起来，命令侍从点上火把立刻陪他离开。哈姆莱特由此相信鬼魂所说的话是真的。新国王看戏后心中极不安宁，于是躲到一个角落跪地祈祷，这一幕正好被哈姆莱特撞见。这对于哈姆莱特来说是个绝佳的复仇机会，他只要拔出剑来，朝新国王后背一剑刺去，就可替父报仇。但是，他竟然犹豫起来，放弃了这次机会。

新国王看戏之后的愤怒与焦躁使哈姆莱特的母亲很不安，于是她叫哈姆莱特来自己房间谈话。大臣波洛涅斯躲在旁边的帷幔后准备偷听他们的谈话。哈姆莱特见到母亲后情绪非常激动，斥责母亲背叛父亲，并拉扯母亲要求她在镜子前照照自己的灵魂。王后受到惊吓大喊救命，而躲在帷幔后的大臣波洛涅斯在惊慌之中也急得连喊“救命”，哈姆莱特以为是新国王躲在那里，他愤怒地朝帷幔后的声音一剑刺去，因此误杀了波洛涅斯。

波洛涅斯的死给新国王提供了一个处置哈姆莱特的好机会。新国王假意声称为了保护哈姆莱特而送他去英国躲避杀人之罪的惩罚，并派遣两个随从护送他去。新国王实际上施展的是借刀杀人之计，他让随从带着密信，信中请英国国王尽快处死哈姆莱特。好在哈姆莱特识破了新国王的诡计，半路逃回国。

哈姆莱特在装疯过程中对他的恋人奥菲莉娅也恶语相向，而他误杀奥菲莉娅的父亲进一步使奥菲莉娅精神崩溃。她在精神恍惚中掉进河里淹死。哈姆莱特逃回国的途中正好碰上奥菲莉娅的葬礼。他在悲痛中跳入墓穴，并和奥菲莉娅的哥哥雷欧提斯发生争执。新国王利用雷欧提斯对哈姆莱特的仇恨设计让他们两人比剑。雷欧提斯和新国王商议让他使用更锋利的剑，并在剑上抹上剧毒。为确保万无一失，新国王还安排好毒酒，假若哈姆莱特比赛胜利，没有被雷欧提斯的毒剑刺中，就以祝贺之名让哈姆莱特喝下毒酒。

比赛首先是哈姆莱特占了上风，在比赛暂停期间王后误喝了毒酒。哈姆莱特继续参加比赛，不幸被雷欧提斯的毒剑刺中，在混乱中哈姆莱特夺过雷欧提斯的剑反刺中了他。这时王后倒地，并指出酒中有毒。雷欧提斯也在悔恨中说出真相，于是哈姆莱特拼着最后的力气用毒剑刺中新国王。该剧以主要人物全部死亡而告终。

哈姆莱特的延宕

《哈姆莱特》这部悲剧最具争议和阐释空间的一个问题也许是：为何主人公哈姆莱特迟迟不采取复仇行动？这里面有何深意？我们知道，复仇剧主要依赖于行动。而哈姆莱特面对父死母改嫁以及父亲亡灵要他复仇的要求，却一再推延复仇行动。他先是陷入长久的苦闷和沉思中，然后开始装疯，虽然通过戏中戏验证了新国王杀父的真相，却放弃新国王独自祈祷时的便利复仇机会，转而去斥责母亲。当他好不容易从被遣送去英国的途中逃脱时，他没有躲藏起来养精蓄锐、伺机而动，反而主动写信给新国王，报告自己即将返回，并现身奥菲莉娅的葬礼，点燃奥菲莉娅的哥哥雷欧提斯的满腔怒火，促使雷欧提斯果断行动以替父亲和妹妹复仇。哈姆莱特由此不断将自己置于日益凶险的境地之中。他每一次出剑都是被动的反应，包括他在母亲房间刺向躲在帷幔后面的人、他和雷欧提斯的比剑，以及他最后刺向新国王克劳狄斯。他并没有积极谋划这些行动去完成复仇任务，这些行动似乎只是因环境所迫的临时起意。

那么，哈姆莱特行动延宕的原因有哪些呢？请先自己尝试回答这一问题？

____

____

____

____

首先，可以从亲情、爱情、友情这些人生重要的层面与当时的人文主义理想之间的张力来进行分析。哈姆莱特在剧情开始时正在德国的威登堡大学留学，该大学是欧洲人文主义的重镇，所以哈姆莱特充满人文主义的理想，对人怀有崇高的期待。他说：

> 人类是一件多么了不得的杰作！多么高贵的理性！多么伟大的力量！多么优美的仪表！多么文雅的举动！在行为上多么像一个天使！在智慧上多么像一个天神！宇宙的精华！万物的灵长！(105)[①]

① 莎士比亚．哈姆莱特．朱生豪，译．昆明：云南人民出版社，2009．下文中有夹注处皆引自该书，夹注内为原书页码。

从这样的盛赞可看出，哈姆莱特是一个满怀理想主义的知识青年。可是，他的人文主义理想却遭遇残酷的现实。从亲情的角度看，母亲在父亲死后不到两个月嫁给他叔叔，母亲不再成为他可依赖的情感对象，无法分享父亲鬼魂告知他的恐怖而痛苦的秘密。同时，父亲鬼魂要求他不要亲自伤害母亲。而他一旦杀了新国王，必然使他母亲陷入新的痛苦之中。所以，尽管亲情已经黯淡，但是，对亲情的顾虑也阻碍着他的行动。

从爱情的角度看，母亲对父亲的快速背叛使他怀疑爱情。尽管他曾对奥菲莉娅写出热烈的爱情盟誓，说："你可以疑心星星是火把，你可以疑心太阳会移转，你可以疑心真理是谎话，可是我的爱永没有改变。"(89）但是，他后来却在装疯中这样诅咒奥菲莉娅："进尼姑庵去吧！为什么你要生一群罪人出来呢?"(137）不明真相的奥菲莉娅为他的疯言疯语所伤害，将他曾经送给她的东西退还，说："送礼的人要是变了心，礼物虽贵，也会失去了价值。"(137)

从友情的角度看，他曾经的朋友除了霍拉旭，其余的人一个个都背叛了他，成为新国王对付他的爪牙。他将这些人比喻成一块吸收君王的恩宠、利禄和官爵的海绵，当君王需要他们所吸收进去的东西时，可以从他们身上再挤出来，只留下被挤干的海绵。

亲情、爱情、友情这三大私人情感支柱的倒塌，使哈姆莱特情感空空、无所依靠，这是造成他行动延宕的重要原因。

其次，让我们从社会层面来探讨哈姆莱特行动延宕的原因。从社会环境来看，他回国后意识到："丹麦是一所牢狱，宫廷是一个荒芜不治的花园，这是一个颠倒混乱的时代，唉，倒霉的我却要负起重整乾坤的责任来!"(67）因为他是王子，他的敌人是新国王，所以他的复仇会比普通人的复仇产生更重大的社会影响，更需要注意程序正义，否则会给这个已经危机四伏的国家带来更大的动荡。所以，他不能贸然采取复仇行动。

私人领域里的亲情、爱情、友情的破灭，公共领域里的正义丧失，这一切动摇了哈姆莱特的人文主义信仰，使其从相信人性美转为相信人性恶，复仇也就变得没有多大意义。因为，他即使杀了新国王，也无法处置普遍性的恶。

最后，我们可以从人类所面临的普遍困境——"死亡"这一问题来探讨哈姆莱特的延宕。前面提到，哈姆莱特放弃了新国王独自祈祷时所提供的绝佳复仇机会。他当时是怎么想的呢？文本中写道：

> 他的孽债多半是很重的。现在他正在洗涤他的灵魂，要是我在这时候结果了他的性命，那么天国的路是为他开放着，这样还算是复仇吗？不！收起来，我的剑，等候一个更惨酷的机会吧！当他在酒醉以后，在愤怒之中，或是在荒淫纵欲的时候，在赌博、咒骂或是其他邪恶的行为的中间，我就要叫他颠踬在我的脚下，让他幽深黑暗不见天日的灵魂永堕地狱。(183)

这段话提供了一个明显的理由，即基督教信仰者认为忏悔的人将被上帝宽恕，最终有进入天堂的机会。有意思的是，精神分析学为我们提供了完全不同的解读方式。弗洛伊德用杀父娶母的恋母情结来解释哈姆莱特的延宕，认为其叔叔正好实现了他的杀父娶母欲望。叔叔的行为让哈姆莱特照见自己，因此失去了杀叔叔的勇气。另一位精神分析学大师雅克·拉康（Jacques Lacan，1901—1981）则认为，主体的欲望从对客体的简单需求依赖变为对另一主体（他者）的要求和联系。在认同他者的过程中，他者（母亲）的欲望也同时成了主体（哈姆莱特）的欲望，所以他无法杀母亲的这个欲望对象——叔叔。

让我们再来看看哈姆莱特著名的独白——对死亡的认识，并思考死亡为何可怕。

> 生存还是毁灭，这是一个值得考虑的问题。默然忍受命运的暴虐的毒箭，或是挺身反抗人世的无涯的苦难，通过斗争把它们扫清，这两种行为，哪一种更高贵？死了，睡着了，什么都完了。要是在这一种睡眠之中，我们心头的创痛，以及其他无数血肉之躯所不能避免的打击，都可以从此消失，那正是我们求之不得的结局。死了，睡着了；睡着了也许还会做梦。嗯，阻碍就在这儿：因为当我们摆脱了这一具朽腐的皮囊以后，在那死的睡眠里，究竟将要做些什么梦，那不能不使我们踌躇顾虑。人们甘心久困于患难之中，也就是为了这个缘故。谁愿意忍受人世的鞭挞和讥嘲、压迫者的凌辱、傲慢者的冷眼、被轻蔑的爱情的惨痛、法律的迁延、官吏的横暴和费尽辛勤所换来的小人的鄙视，要是他只要用一柄小小的刀子，就可以清算他自己的一生？谁愿意负着这样的重担，在烦劳的生命的压迫下呻吟流汗，倘不是因为惧怕不可知的死后，惧怕那从来不曾有一个旅人回来过的神秘之国，是它迷惑了我们的意志，使我们宁愿忍受目前的磨折，不敢向我们所不知道的痛苦飞去？这样，重重的顾虑使我们全变成了懦夫，决心的

> 赤热的光彩，被审慎的思维盖上了一层灰色，伟大的事业在这一种考虑之下，也会逆流而退，失去了行动的意义。(133)

从上面这段独白可看出，死后的世界对人类而言是未知世界，正是对未知世界的恐惧导致人类害怕死亡。这从另一个角度显示出一种不同于中世纪基督教信仰的人文思想，因为这种思想肯定生而否定死。中世纪的基督教统治极度贬低人在此生的存在价值，认为人活着只是为了给死后升入天堂做准备而已。既然肯定生，而复仇会带来死亡的循环，那么复仇在某种意义上也就无异于自杀。这也是哈姆莱特行动延宕的重要原因。

在我的课堂上，关于哈姆莱特的延宕有着不少精彩讨论。有学生满怀情感地说：哈姆莱特的母亲已经经历过一次丧夫之痛，让她再次经历丧夫之痛太残忍，是儿子不应该做的。有学生指出哈姆莱特有着知识分子重思考轻行动的典型特征。还有学生提出该剧展现了知识分子的理智与情感的较量，认为先王的鬼魂代表情感，情感发出要替父报仇同时不能伤害母亲的命令，而这招致哈姆莱特作为人文主义知识分子的理性反对。歌德说，发达的智力（理性）会麻痹行动的力量；伊波利特·丹纳（Hippolyte Taine，1828—1893）说，过度的激情会伤害理智而难以行动。而哈姆莱特既有着极强的理性思辨能力，也有着丰沛强烈的情感，这两者无法取得平衡，无论哪一方占上风似乎都影响他的行动能力。我们期待你自己的新颖见解。

人文主义危机以及悲剧文体反思

现在我们来谈谈主题。哈姆莱特盛赞人类的那段话被广为流传和引用。但是，大家往往忽略了一个事实，即紧跟那段赞美话的是对人的否定性的评价。

> 人类是一件多么了不得的杰作！多么高贵的理性！多么伟大的力量！多么优美的仪表！多么文雅的举动！在行为上多么像一个天使！在智慧上多么像一个天神！宇宙的精华！万物的灵长！可是在我看来，这一个泥土塑成的生命算得了什么？人类不能使我发生兴趣。(105)

后面这两句直接表达了哈姆莱特从人文主义理想的巅峰跌落的那种深重的幻灭感。他的恋人奥菲莉娅在看到哈姆莱特疯疯癫癫后也无比哀怨地说：

啊，一颗多么高贵的心是这样陨落了！朝臣的眼睛、学者的辩舌、军人的利剑、国家所嘱望的一朵娇花，时流的明镜、人伦的雅范、举世注目的中心，这样无可挽回地陨落了！(139)

奥菲莉娅的话进一步验证了相信人的伟大价值的人文主义理想的破灭。那么，莎士比亚如何通过悲剧的力量来完美展现这一人文主义危机的主题呢？我们前面提到鲁迅先生对悲剧的定义：悲剧将人生有价值的东西毁灭给人看。我们来看看哈姆莱特失去了哪些有价值的东西。首先是他视为人伦典范的父王的逝去，其次是母子关系的恶化、叔侄关系的敌对，然后是纯洁恋情的幻灭和恋人的死亡，以及友情的背叛，直至生命的消亡。正是在哈姆莱特行动的不断延宕中，人生的珍品一件件失去，悲剧的力量由此不断升级强化。我们前面提到朱光潜先生的观点，认为"引起我们快感的不是灾难，而是反抗"。像哈姆莱特这样一个满怀人文主义信仰的知识分子型人物都不得不拿起武器反抗直至死亡，其悲剧色彩因此更加浓厚。最后，封建王子的悲剧已经转变成所有怀着人文主义理想的知识分子的悲剧。今天的知识分子也依然能从中照见自己的困境根源。

大悲剧的结尾是否意味着一切都被否定了呢？有哪些美好的东西失而复得呢？让我们来一一审视。在亲情层面，哈姆莱特的母亲乔特鲁德为儿子感到自豪而举杯庆祝，哈姆莱特忍不住喊她"好妈妈"（309）。所以，误喝毒酒的乔特鲁德相当于为儿子而死，而且在死前和儿子重新体验到亲情的美好。在爱情方面，哈姆莱特在奥菲莉娅的葬礼上当众承认自己对她的爱，宣称"四万个兄弟的爱合起来，还抵不过我对她的爱"（285）。这说明哈姆莱特的爱情并未因种种变故而真正消亡。在友情以及死亡层面，最后他和奥菲莉娅的哥哥雷欧提斯相互谅解。雷欧提斯说："我不怪你杀死我和我的父亲，你也不要怪我杀死你。"（313）哈姆莱特所恐惧的复仇的死亡循环由此解除，不会再在他们后面的亲属中延续。尽管他自己也死去，但他的死体现出反抗的尊严，他是以一个英雄的姿态倒下的。最后，在社会层面，邪恶得到了应有的惩罚，社会正义有望恢复。由此可看出，即使是西方悲剧的典范之作，也明显包含着善有善报、恶有恶报的倾向。我们不能将善有善报、恶有恶报简单归结为喜剧的特征，更不能因此断定中国没有悲剧。

老国王的鬼魂、新国王和哈姆莱特可以看作三种社会力量的代表。前者代表传统的封建力量，一种剩余的、想要苟延残喘的力量，与鬼魂的形式非常契合；新国王代表主导力量，其核心是欲望的力量，体现出文艺复兴以来人文主义带来的欲望的解禁与张扬；而哈姆莱特代表新兴的力量，即理性的力量。正是三者的角力与交锋推动着西方文明走向启蒙运动时代。

课后作业与现实反思

1.《哈姆莱特》中的正面和反面的主要人物都死了，如何理解有价值的和无价值的同时被毁灭的现象？

2. 莎士比亚的四大喜剧之一《威尼斯商人》充满了悲剧色彩。但是，为什么莎翁要把它写成喜剧而不是悲剧呢？

3. 请比较我国电影《夜宴》和莎士比亚戏剧《哈姆莱特》的异同。

4. 请对你身边发生的某个悲剧事件进行反思，分析背后是哪些力量造成了悲剧的发生，对你产生了什么影响或启迪。

图书在版编目（CIP）数据

外国文学经典选读/邹涛著．—北京：中国人民大学出版社，2019.8
21 世纪通识教育系列教材
ISBN 978-7-300-27150-7

Ⅰ.①外… Ⅱ.①邹… Ⅲ.①外国文学-文学欣赏-高等学校-教材 Ⅳ.①I106

中国版本图书馆 CIP 数据核字（2019）第 149253 号

21 世纪通识教育系列教材
国家精品在线开放课程
中国大学 MOOC 配套教材
外国文学经典选读
邹 涛 著
Waiguo Wenxue Jingdian Xuandu

出版发行	中国人民大学出版社		
社 址	北京中关村大街 31 号	邮政编码	100080
电 话	010－62511242（总编室）		010－62511770（质管部）
	010－82501766（邮购部）		010－62514148（门市部）
	010－62515195（发行公司）		010－62515275（盗版举报）
网 址	http://www.crup.com.cn		
经 销	新华书店		
印 刷	天津中印联印务有限公司		
规 格	170 mm×240 mm 16 开本	版 次	2019 年 8 月第 1 版
印 张	10 插页 1	印 次	2019 年 8 月第 1 次印刷
字 数	161 000	定 价	29.00 元

关联课程教材推荐

ISBN	书名	作者	单价
978-7-300-18195-0	20世纪外国文学史	曾艳兵	45.00元
978-7-300-25373-2	20世纪外国文学选讲	杜吉刚　周　丹	35.00元
978-7-300-15457-2	世界文学名著赏析	钱谷融　刘洪涛	59.00元
978-7-300-20316-4	外国文学简编（欧美部分）（第七版）	朱维之 等	45.00元
978-7-300-19046-4	外国文学简编（亚非部分）（第五版）	梁立基	49.00元
978-7-300-18194-3	外国文学简史	黄晋凯　何乃英	58.00元
978-7-300-21905-9	外国文学通用教程（第三版）	杜宗义	55.00元
978-7-300-20707-0	文学欣赏	金元浦	32.00元
978-7-300-22242-4	西方文化概论	曹顺庆	35.00元
978-7-300-20418-5	新编简明东方文学（第二版）	何乃英	29.80元
978-7-300-20878-7	中文学科论文写作（第二版）	卢卓群	39.00元

配套教学资源支持

尊敬的老师：

衷心感谢您选择使用人大版教材！相关的配套教学资源，请到中国人民大学出版社网站（www.crup.com.cn）免费下载，或是直接与我们联系。

样书申请及课件处理，请联系：
龚洪训
电话：010-62515637
电子邮件：6130616@qq.com

选题策划及出版，请联系：
刘　静
电话：010-62513587
电子邮件：12918646@qq.com

地址：北京市海淀区中关村大街31号
邮编：100080